我那些成长的烦恼

梁晓声　著

山东教育出版社
· 济南 ·

图书在版编目（CIP）数据

我那些成长的烦恼 / 梁晓声著. —济南：山东教育
出版社，2021.7（2025.12重印）

ISBN 978-7-5701-1733-8

Ⅰ.①我… Ⅱ.①梁… Ⅲ.①自传体小说-中国-当代
Ⅳ.①I247.5

中国版本图书馆CIP数据核字（2021）第118270号

WO NA XIE CHENGZHANG DE FANNAO

我那些成长的烦恼　　梁晓声　著

主管单位　山东出版传媒股份有限公司
出版发行　山东教育出版社
地　　址　济南市市中区二环南路2066号4区1号
邮　　编　250003
电　　话　0531-82092660
网　　址　http://www.sjs.com.cn
印　　刷　济南崇华星文印刷有限公司
开　　本　860 mm×1230 mm　　1/32
印　　张　8
字　　数　110千
版　　次　2021年7月第1版
印　　次　2025年12月第10次印刷
印　　数　100001－110000
定　　价　35.00元

（如有印装质量问题，请与印刷厂联系调换。　电话：0531-88687838）

某日早上，母亲和我们吃早饭时，但听一声巨响，我家一根主梁断了，锐利的断角戳在桌面上。

春节前，我家对面铺的屋顶下悬挂起了好看的拉花，窗上贴着窗花，门上贴着福字了。晚上，在灯光的照耀下，墙上的霜分明也反射着有色的光了。

父亲的视力已经不好了，戴上花镜也改善不了多少，所以那些背心上线接线的地方疙瘩挺大。除了这一条缺点，其他方面没毛病。

邻居们都向我母亲祝贺，说些"双喜临门"之类的话。
母亲那些日子经常笑容满面。

那时我和老师已经走到了数学教研室门外。

老师又问我："能做到像个小小的男子汉那样吗？"

我懵里懵懂地点头。

我心里高兴，身上暖和了，也来劲儿了，非但没让树起替换我，还让他坐在车上。

　　那时，天快黑了。树起高兴得在车上唱歌。

天大亮的时候，我俩已各从几处转弯的地方捡满一篮子煤块往回走了，那时才迎头碰上些捡煤的孩子。

下了江桥，但见眼前白茫茫一片雪野直连天边，一时不知该往哪一方向走。空旷的天地之间，风更大了。

我和树起的叫卖声很单调，他一声我一声只喊"豆腐"
二字而已。单砚文一加入，那就叫真的招徕了。

不论贫穷还是病患，不论缺煤还是少粮，不论家在这里还是那里，只要一家人相亲相爱，困难总是会被克服的。而只要我们对别人的帮助深怀感激，就会有更多热心的人愿意帮助我们——这是我从童年到少年的成长史证明了的……

——梁晓声

目录

时常会想——人生好比一幅画。

某些人的人生像水墨画，某些人的人生像水粉画；某些人的人生像写意画，某些人的人生像工笔画；某些人的人生像现代绘画，某些人的人生像古典画……

不论像哪一类画，大抵都是一层层画成的——而人的童年和少年，在我看来，如同一幅画的底色。

不同的时代，使人生的底色各异，甚至可以说千差万别。

成长是一个不断自我纠错的过程，也是一个逐渐明白责任的过程——而大多数情况下，自我纠错并非愉快之事，起码与受表扬、被夸奖相比是这样。

故每一个人都必须面对那些"成长的烦恼"。下面是我之"成长的烦恼"。

关于我的父亲

我祖籍山东荣成温泉寨村。据我父亲讲，那是一个很小的村子，近海，却不属于渔村，离海尚有三十余里，村人皆以耕种为生。

我对它的过去和现在毫无印象，因为从没回去过。

我父亲出生在那里。他是独生子，自幼失恃，所以我对祖母亦无任何印象。我爷爷也是独生子，故爷爷和父亲在村中没有亲戚。至于村中是否有温泉，我父亲从未说起过，我便无从知道。

爷爷也是自幼失恃之人。我奶奶死后，爷爷并未续娶，娶不起。他名下没有土地，只能带着我父亲在十里八乡四处打工。有时做长工，有时做短工，一年到头住在雇主家里。雇主对他们的态度好点儿，他们的日子就好过点儿；若对他们的态度不好，他们的生存境况自然就是寄人篱下，忍气吞声。

父亲当时虽是小孩子，但那也不能在雇主家白吃白喝白住啊——实际上他很小的时候就开始做"小长工"了。

他不说，我也想象得到。而他确实从没对我们儿女说过。

他脾气不好，容易发火。我小时候，对他脾气不好很难理解，甚至暗恨过。成年以后理解了，我认为那是他小时候悲苦的人生底色造成的。

父亲十四岁那一年，没告诉我爷爷，偷偷离开村子，跟随大人们"闯关东"到了黑龙江佳木斯。

想来，像他曾是"小长工"一样，在当年"闯关东"的山东人中，他也属于年龄小的一个吧？即使有比他年龄还小的，一般都是跟随着父母或亲人，而他却是举目无亲来到了佳木斯的。

对于一个少年，那一种人生的艰难也是可想而知的；他同样从没对我们儿女说过。

父亲十九岁那年与我的母亲成婚。父亲和母亲双双来到了哈尔滨，靠摆摊维持生活。东北解放后不久，父亲成了新中国的第一代建筑工人。

我出生在 1949 年 9 月。我已经有了一个大我六岁的哥哥。听我母亲讲，我本有一个比哥哥小两岁的姐姐，因病夭折了。我哥哥对那个妹妹没记忆，我连那个姐姐的照片也没见过。当年不像现在，贫穷的百姓人家不太舍得花钱为小孩子照相，而且，也都没那种习惯。

我上小学以后，父亲所在的东北建筑工程公司承担起了建设东北重工业基地的历史使命，父亲成了一个常年在外地工作的人，这使我与父亲每年见不上几次。他归也匆匆，去也匆匆，我对他的印象极模糊。

我上小学后，他又成了首批建设"大三线"的工人，辗转于西北及云、贵、川各地，每两年才能探一次家。建筑任务紧迫时，往往三年才能与家人团圆一次，每次只能在家中住十二天。

我初中毕业下乡时，他在四川。我也两年有一次探亲假。我与父亲的假期很难同时请下来。我大学毕业后分配到了北京，隔年父亲超龄退休。所以，我与父亲真正谈得上"相处"的日子，只不过是父亲两次住在北京的时期——一次十个月左右，一次不到半年。那时，父亲已是一把白须的老人，也几乎没脾气了，性格特温和。

父亲第二次到北京，我见他极其消瘦，带他去体检，结果查出了晚期胃癌，半年后，父亲去世。那半年，父亲卧病在床，而我却需每日上班，好在单位离家近，可抽空回家看他一次。晚上则与父亲同床而眠。谢天谢地，毕竟有过尽孝的机会。

屈指算来，我与父亲愉快相处的日子，其实基本是在他第一次来到北京替我照看儿子的十个月里。我曾写过一篇小说《父亲》，获得过1984年的全国短篇小说奖。虽曰小说，内容基本是纪实的。于我而言，《父亲》不仅是为一己亲情而作，也是为许许多多父亲曾是"大三线"工人的儿女们动念的。依我想来，我和"我们"起码在一点上深有同感——与父亲相处的日子都是那么有限……

关于我的母亲

　　我的母亲原本是吉林某县农村的农家女，后来不知什么原因，举家迁到黑龙江佳木斯附近的一个小村。母亲有一个姐姐、三个弟弟。一场"天花"，使母亲失去了姐姐和小弟。那不幸是她少女时期发生的事，当她向我们讲述时，虽然自己也是五个儿女的母亲了，却还是悲伤得潸然泪下。

　　我的母亲是极重手足之情的。

　　当年，远在大西北的父亲每月给家里寄五十元的生活费，父亲最多也就只能给家里寄五十元了，或者也是可以多寄五元的。但如果那样，父亲探家时就带不回钱了。而作为五个儿女的父亲，如果囊中空空如也地探家，那他探家的幸福感就荡然无存了。总之，这是不论怎么做都不算好的选择。

　　母亲明白这一点，理解父亲的难处，极其节省地靠那每月五十元维持她和我们五个儿女的生活。

六口人五十元生活费，平均每人每月八元生活费，还余两元。

当年，城市人家的最低生活标准是八元——再以下就可以获得几元钱的扶贫补助了。我们的六口之家，每人的生活费恰在八元以上，自然不属于贫困户。我家一向用最小瓦数的灯泡。当年，在哈尔滨市，最小瓦数的灯泡是15瓦，比烛光所能照亮的范围大一点点。瓦数再小的灯泡工厂就不生产了，因为没有了实际的家用价值。家里的一把梳子已几处缺齿了，母亲却舍不得买一把新的。因为除了我上中学的哥哥，我和两个弟弟一个妹妹一向剃光头。梳子只有母亲和哥哥才用得着，便继续将就着用。

我自幼常见母亲因为什么事必须花钱而她又确实没钱了愁眉不展，唉声叹气；也见惯了母亲某一日上午接下午地走东家、串西家，甚至串到前后街的人家去，只为向四邻或街坊借到几元钱，如买粮、买劈柴、为我和哥哥交学费。

父亲每次探家都会与母亲争吵一次——因为几天后，母亲就催他数出钱来，为家里还债。

那时，父亲总是指责母亲不会过日子。母亲总是泪汪汪地低头不语。而我们几个子女总是特别同情母亲，暗自认为父亲的指责毫无道理。因为我们都看得分明，母亲在生活中的精打细算已经到了何种程度。"含辛茹苦"一词用在我的母亲身上，有过之而无不及。

父亲的几名工友曾到家里来过——那一年父亲格外想家，委托探家的工友替他实际看看家中的情况。

一名工友说："梁师傅节省得对自己太苛刻了，食堂的青菜才几分钱一份都舍不得吃，经常靠臭豆腐下饭，一块腐乳吃三天。"

母亲顿时就流泪了。

我们几个儿女听了，心里也别提多难过了，以后再也不抱怨父亲了。

自从我记事以后，几乎没见到母亲真正快乐过，更没听到母亲开怀地笑过。

《父亲》发表以后，当时的哈尔滨市作家协会的主席林予到北京开会，抽空来我家看我。他是 20 世纪 50 年代便已出名的军旅作家，是最早写"北大荒文学"的作家之一。我是知青时就与他结下了深厚的友谊，他因而也成了我们全家的朋友，对我家帮助甚多，有恩于我家。

他语重心长地对我说："晓声啊，你不能只写你的父亲，也应该写写你的母亲。连我都知道，你母亲为了你们那个家，几乎把心都操碎了呀！她太不容易了。写写你的母亲吧，否则连我都不答应。"

他的话使我百感交集。于是，后来我写了《母亲》，获得了《中篇小说选刊》的年度优秀作品奖。当年，那一奖项也很有影响力。由于字数的限制，很多事写不进去。但在电视剧《年轮》中，有一位知青母亲的形象，她身上有我母亲的影子。

小学五年级课本中收录了我的一篇短文《慈母情

深》，文题大约是选编时由编者确定的——我已记不清那篇短文是不是从《母亲》中节选的，自从《母亲》发表后，我实际上从未读过。不敢读，怕重温往事。因为那些往事中，不仅有慈母之爱，还有太多的忧愁。

　　母亲去世后，我更不敢读了。

我们最初的家

　　我们最初的家在哈尔滨市道里区安平街13号一个大院里。

　　那条街属于"安字片"——"安字片"由"安"字打头的街组成，如"安心街""安宁街""安顺街"等。"安字片"既不属于"市里"，也不属于"市郊"，在市中心与市郊之间。这一区域的街全是沙土路，而"大院"也完全不同于人们常说的什么单位或机关的"居民大院"。"安字片"的所谓"大院"，最初是些独家独户的俄国侨民的私家宅院。他们在本国时多是中农或富农，在哈市建了家园后，仍习惯于在院子里养马养牛养羊，靠出租马匹和售奶为生，所以有的院子比较大。他们回国后，那些院子才住入了中国人家，多数是普通劳动者人家。

　　安平街13号就是一个不小的院子，住入了七八户人家。我家的房屋在院子最里边，两套连排，各开各的门，面积同样大——大屋是里间，十五平方米左右；小屋是外间，十二平方米左右。各家还有三米左右的"门斗"。北方冬季寒冷，"门斗"主要起挡风作用。

我就出生在那个起先的家里。听我母亲讲，是私人助产士到家中将我接生下来的。当年的哈尔滨，有不少私家诊所，都有接生的能力。一般劳动者人家的母亲们，若怀孕情况正常，几乎全在家里生孩子，可省不少钱。

我能记得的小时候的事非常有限，无非以下几件：

某年春节前，我父亲的单位——东北建筑工程公司慰问职工家属，我母亲参加了慰问会，带回了一些奶糖，估计有两斤。母亲给了我和两个弟弟一个妹妹每人一块，之后将糖藏了起来。那是我第一次吃到奶糖，那种好滋味对我产生了巨大的诱惑，一发现母亲藏糖的地方，经常偷吃。结果到春节时，糖少了一小半。弟弟妹妹都骂我"馋鬼"，母亲却没太严厉地斥责我，只不过叹口气，不满地说："你呀，老二呀，别忘了你也是当哥哥的呀，家有好吃的东西不先想着弟弟妹妹，对吗？"

我羞愧无比，主动提出只分给我几块就行了。

从那一天起，我有了自己也是哥哥的意识，在手足之间，吃的穿的，哥哥理应让着弟弟妹妹。

那一年，我刚上小学一年级。

我上二年级那一年，某日早上，母亲和我们吃早饭时，但听一声巨响，我家一根主梁断了，锐利的断角戳在桌面上。那日风大，将隔院人家高耸的砖砌烟囱刮倒了，砸在我家房顶。如果断了的大梁戳在我家任何一个人身上，肯定当场毙命。那真是险而万幸之事！

母亲和我们惊魂甫定之后，居然心生出一种暗喜来。

为什么呢？

因为我家住在那个房屋里已十余年了。那房屋本是俄国人建来给替他们养牛马和看院子、做杂务的用人们住的，品质很差，十余年后已经严重下沉了。那种房子，如果经常维修，估计情况会好一些。可父亲常年在大西北，母亲是女人，哥哥刚上中学，家里也没个能修房子的人啊。所以，我们的家已门不像门、窗不像窗，夏天漏雨，冬天透风了。墙皮也酥了，成片成片地往下掉。窗子只有一半在地面以上了，白天只能照入一会儿阳光。过了那一会儿，就得开着灯，否则屋里很黑。

母亲竟然对哥哥说："也许，坏事可以变成好事呢。"

哥哥不解，我们更不解了。

母亲又说："咱们的家现在成了危房，我这就去找你们爸爸单位的驻哈办事处，要求帮助咱家换一处房子住。老大你上午千万别离开家，房子一旦摇晃，立刻带领你弟弟妹妹们往外逃！"

我记得很清楚，那天是星期日。哥哥原本是要到学校去参加什么活动的，听了母亲的话，哥哥"嗯"了一声。

母亲梳了梳头发，拍拍身上的尘土，匆匆走出去了。我家谁都没吃完那顿早饭。

哥哥命我们穿好衣服和鞋，与他聚在门口，随时准备往外跑。

中午时分，母亲回来了，说驻哈办事处已经摘牌了，撤到西北去了。她得接着去找区政府，因为放心不下家里的情况，先回来看看。母亲说完，喝了几口水，又匆匆走了。

我们和哥哥饿着肚子，巴望母亲带回佳音。

我们那个破家，太使我们爱不起来了。我们和母亲一样，太希望坏事真能变成好事，我们从而能够住进像点儿样子的房屋里了！

下午三四点钟，母亲才回来。同来的还有一辆小卡车和几名工人。他们经过一个多小时的劳动，用木料将断梁撑起，也用油毡修补了一下房盖。之后，一名工人歉意地对母亲说："放心住吧，几年内安全没问题了。"

母亲问："那，几年后呢？"

他说："领导派我们来修，我们就只管修，几年后的事儿，我们也没法回答呀。"

他们走后，哥哥问："妈，就这样了？"

母亲说："你不是也听到他们的话了吗？"

母亲不愿让我们看到她眼中的泪，转过了身。

而哥哥默默拿起笤帚打扫尘土……

我上小学四年级时，母亲成了某铁路工厂的临时工。那一年是 1961 年，是我这一代人记忆中的"饥饿"年代中的一年。1958 年"大跃进"时，城市从农村招了许许多多年轻人扩充工人队伍。1961 年开始，新规定又要求他们返回农村从事农业生产。这么一来，不少工业单位反而缺人了，于是号召家庭妇女充当临时工。对我母亲来说，这是一个福音，她兴奋地成了一名"翻砂工"，那是男人们干的力气活——从砂模中将冷却的钢铁铸件倒出，不但累，也容易被烫伤。但为了每月能挣到十七元钱，母亲非常珍惜那种机会，态度极其坚决。以往重大之事母亲总是会听听我们的看法的，但这次母亲根本没征求我们的意见。

那一年哥哥高一了，他学习好，一门心思考大学，几乎将学校当成家了。

于是情况成了这样——每天我醒来时，家中已不见了母亲和哥哥，锅里有煮得半熟的玉米粥或高粱米粥。我下床后要做的第一件事，便是将炉火捅旺，将粥继续煮熟。那两种粥要慢火才能煮熟，母亲在离家前，是不可能将粥煮熟的，也必须将炉火压住，否则怕饭煮焦了，炉火也快烧尽了。

东北普通人家的炉子都是砖砌的简易的炉子，加煤时得将锅端起。我家的粥锅挺大，我将它端起时，只用臂力是不行的，还得靠腰劲儿，也就是将锅卡在腹部。这么一来，放下锅时，衣服前襟必定沾了一片锅底的黑灰。我扭头看看还在床上熟睡的两个弟弟和一个妹妹，往往心里一来气，就不去上课了。

久而久之，我成了全班有名的"逃学鬼"。"逃学鬼"学生不但会遭到同学耻笑，其家长也会受到老师批评。为了使我重返学校，母亲请假陪送过我。好几次，我挣脱母亲的手，从校园门口又跑掉了。

后来，母亲想出了一个解决我逃学问题的方案——每月给隔壁邻居陈大娘五元钱，请她帮助照料一下我和弟弟妹妹。

这样一来，母亲每月实际上只能挣到十二元钱了，而多了那五元钱，对于陈大娘的日子却会有所改善。

"这多好，这多好，我怎么以前没想到呢？"母亲因自己的想法愁眉舒展了。

关于陈大娘

陈大娘一家也是从山东来到哈尔滨的。

他们以前靠什么方式生活我不知道。我记事那一年，陈大爷去世了。陈大娘已是一个"老阿婆"了。也许她实际年龄没那么老，但看去却很老，满脸皱纹，身材瘦小，还有点儿驼背。我创作《人世间》时，一写到郑娟的母亲，眼前便会浮现出陈大娘的样子。

陈大娘有两个女儿一个儿子。那年，她大女儿已经结婚了，二女儿在读护士学校，儿子正子刚上初中。

陈大娘家属于享受城市低保的人家，但不是那种每月可领取到生活保障金的人家，而是获批了可以卖冰棍的许可证。

卖一支三分钱的冰棍能挣七厘钱，若每天卖一百支，则可挣七角钱，那么，每月有二十余元的收入了。

卖一支五分钱的冰棍，可挣一分钱。但卖冰棍的人不敢多上五分钱的冰棍，怕不好卖。事实也是那样，一般人宁肯加一分钱买两支三分钱的，轻易舍不得吃五分钱一支的奶油冰棍。

以后每天早上我醒来时，必会见到陈大娘的身影在微光中做这做那，或者已经做完了，坐在床边发呆，等我们醒来。那时，我就会再眯一会儿，因为我起床后，不必自己匆匆忙忙地做这做那了，不会再弄脏衣服了，可以喝上已经煮好的粥了。

而那时，其实是她该到冰棍厂去上冰棍的钟点。错过那个钟点，她要在冰棍厂排好长的队了。

有无陈大娘早上的照料，对我和弟弟妹妹至关重要。特别是在冬季，天亮得晚，有时我醒来天还黑着呢，若不见个大人的身影，往往有种和弟弟妹妹一块儿被遗弃了的感觉，心里又委屈又无奈。我在课堂上也不再因惦记着弟弟妹妹在家里怎样而分心了。我不再逃学了。

陈大娘多次对我母亲表示过意不去。她说邻里邻居的，照顾一下我们是完全应该的，还收五元钱就不对了。

母亲却说，不给她五元钱在自己这方面更不对了。毕竟，因为照顾我们影响了她卖冰棍，那也等于影响了她的收入啊。

她俩经常因为那五元钱一个非给一个非拒的。

"一墙隔开是两家人，拆了那堵墙不就是一家人吗？日子都有难处，那就得抱团取暖啊！他大娘，你就当我是为咱们两家去挣那十七元钱的吧。"母亲这番话，给我留下很深的印象。

那年快到年底的一天，我放学回来，见粮柜里没粮了。这可怎么办呢？晚上我和弟弟妹妹吃什么呢？

我首先想到的是向陈大娘借粮，转而又一想，她家的买粮日与我家是同一个日子，我家没粮了，她家又怎么会余粮多多呢？

于是我心生出一个不好的念头——涂改买粮日期。我那么做了，从家中的小匣子里取出几元钱就去买粮。

结果粮本被粮店扣住了。我只得去找陈大娘，告诉她时我哭了。

陈大娘当时正在将咸菜从一个坛子里倒到另一个坛子里——起初腌咸菜的坛子冻裂了。

她也没说什么，洗了洗手就带我去粮店，路上还是一句话没说。到了粮店，她让我在办公室门外等，自己进去了。

我没听到陈大娘对粮店的负责人说了些什么。十几分钟后，陈大娘出来了，将粮本交给了我。接着粮店负责人也出来了，对称粮的人说："提前卖给这孩子十斤玉米面吧。"

我侥幸地背着玉米面回家时，陈大娘终于开口说："别再那样了，有些事，孩子用孩子的做法一办，反而就办麻烦了。该大人出面办的事，还是要由大人办才好。"

母亲带着些从工厂食堂买的窝头回到了家里，而我已用我买回的玉米面煮了一锅粥。

母亲考虑到家中没粮了，惊讶地问我还没到买粮的日子，我怎么就能买回了十斤玉米面？

　　我说："陈大娘陪我去买的。"

　　母亲"啊"了一声，不再问什么。以后母亲也没训过我，估计陈大娘根本没对母亲说起过我涂改粮本的事。

　　我曾写过一篇散文《感激》，其中回忆了每一位对我家和我个人有过帮助，而我应永远感激的人。在这篇散文中，我当然会写到陈大娘。我似乎还另有一篇散文，题目便是《陈大娘》，以上之事，也写在文中了。

　　发表作品也罢，出书也罢，都是很忌讳同一人物同一情节反复出现的。但写一部和成长有关的书是出版社给我的任务，我不愿虚构自己的成长经历，陈大娘又是在我的成长史中绕不过去的一个人，所以不得不再记之。

　　须知，我家在哈尔滨市没有一家亲戚，陈大娘是我除了母亲以外觉得最亲的人。似乎，在散文《陈大娘》

中，我以"亚母"二字形容过她。

并且，我觉得，对于有恩于我们的人，即使以文字的方式记录了两三次，也是容易被理解和原谅的⋯⋯

"孤岛"人家

我五年级时，我们那个大院的土地被征用了，政府要在那片土地上盖一座钢筋厂。但不是全征，其他人家都迁走了，只剩我家和陈大娘家仍留在原处。我们两家自然不是"钉子户"，那个年代也少见"钉子户"现象，而是因为我们两家住在大院的最里边，盖厂房的图纸没占到我们两家那儿。

眼见曾经的邻居一户户搬走了，而且都获得了较满意的住房，我们两家人的失落心理可想而知。

我听到过陈大娘这么问我母亲："咱们两家以后可怎么办啊？"她流下泪来。

我母亲叹了口气，无奈地说："没占到咱们这儿，羡慕也没用啊。"我母亲也一脸的惆怅。

曾经的大院不存在了，拆了。公用的厕所也拆了，我们两家人只能去上建筑工人们的临时厕所了。挖地基挖出了一条条两米深的壕沟（因为要盖的是三层楼，地基沟必须挖得够深），挖出的土还要填回沟里一部分，所以并没及时运走。结果，离我家和陈大娘家不远的地方，就出现了两座人造土丘。我们两家人出行，不但得绕着土丘走，还得一次次过"桥"——就是架在壕沟上的踏板。那对陈大娘尤其不便，因为她卖冰棍要推着放冰棍箱的小车。

陈大娘曾对我母亲说："院子没了，厕所没了，邻居都搬走了也就认了，可把咱们的生活搞成这样，日子长了不是个事呀。我见了生人就说不出一句又简短又在理的话了，你是参加工作的人，知道咱们的事儿该找谁，你抽空儿去找找政府的人，反映反映给咱们造成的难处呗！"

母亲也有这种想法。母亲真去找过了，回来后对陈大娘"汇报"："区里的干部要咱们克服一下，保证等楼盖起来后，把周边都给咱们弄好。"陈大娘听了，就只有叹气。

母亲却又有了另外一种想法——那时正值春季，母亲买了些菜籽和花籽，在一个星期日，带着我和大弟弟在两座土丘上翻出垄，种菜种花。

她对陈大娘说："你等着看吧，到了夏天，咱们一出门就会看到各式各样的花。到了秋天，咱们两家不用买就会吃到菜。茄子、豆角、黄瓜、辣椒，还有土豆、萝卜、大白菜，我每样都种了。"陈大娘听了，只有苦笑。

一个死了老伴的女人，和一个丈夫常年在外省工作的女人，于特殊之岁月，结下了很深很深的情谊。

然而，我们既没看到花，也没看到菜。那年夏季不但雨天多，而且一下就是大雨。两座土丘上刚刚长出的绿苗，被一场场大雨全冲走了。土丘上淌下的泥浆，每每流到我们两家的门口。如果堵得不及时，就会流到家里去。一条条壕沟逐渐积满了水，"地水"在我们两家屋里渗上来——不是一般的潮湿现象，而是屋里也积水了，并且淘不尽，随淘随渗。两家装衣服被子的旧木箱都泡在水里了。我家屋里还出现过淹死的小老鼠，水里的各种虫子，令人十分恶心。

我和我哥还有正子，只有一起动手，用我家的一把锯，将工地上搭脚手架的跳板锯断，弄进屋里，在屋里搭起了踏板。否则，我们两家都没一处干爽的地方了。

建厂房的工程不得不停止了。我母亲又去找了一次区政府。

区政府的两名同志来看过后，当即说："不能再住下去了，太危险，会出人命的，一定尽快落实两处房子让你们搬走！"

区政府的同志走后，我母亲哭了。

陈大娘说："你怎么哭起来了，不是有盼头了嘛，好事呀。"

我母亲说："早就想哭了，当着孩子们的面我轻易也不能哭啊。正因为终于有盼头了，我才可以哭一次了。"

虽然有盼头了，但是在那个年代，区一级政府要找到两处空房子，那也是大费周章的事。

我们两家人盼啊盼啊，一盼就盼到了十一月份。壕沟里结冰了，我们两家的屋里也结冰了。晚上，经常能听到冰层加厚的咔咔声。

终于有一天，区政府来人了，说先解决了一处房子，里外两间，共二十四平方米，是老旧的苏式房。地点挺好，房子质量也行，问母亲和陈大娘谁家先搬走。

陈大娘对母亲说："你办成的好事，当然你家先搬。"

母亲说："我家孩子多，又都一年比一年大了，我希望政府给解决的房子更住得开些，你家就你和正子两口人，那房子挺适合的，还是你家先搬吧。"

在又一个星期日，我和哥哥帮着正子哥将他家搬走了。

四面壕沟，出门见丘的"孤岛"上，以后只剩下我们一家了。

我的成长进入了一个空前寂寞的时期，因为以前还可以到陈大娘家找正子哥玩儿。那以后，我一放学只能面对两个弟弟一个妹妹了。

我每天醒来，再也看不到陈大娘的身影了，一切又得我自己来做了。但我还是一天也没逃过学。因为我不止一次见到过母亲流泪和哭泣了。我觉得，正是这一点，使我懂事了。

十二月二十日左右，区政府的同志又来了，说按照母亲的希望，真为我们找到了一处二十八平方米的住房，但街不太理想，离市里更远了，说因为母亲体谅政府的难处，他们才尽量按照母亲的希望去找的。如果我家不满意，那就得明年春天再解决了。

母亲和哥哥去看了一次房子。哥哥回来后说："还行吧。"

母亲却说："已经不错了。与咱们家现在住的情况相比，不是天上地上的区别吗？不是比你们陈大娘家搬去的房子大了四平方米吗？你们也该体谅体谅妈妈呀，请求政府的事是那么容易办成的吗？现在可以告诉你们实话了，妈在区政府是哭过的！"

听了母亲的话，我们都不参与发表意见了，都说由母亲一个人做主就行了。

我们五个儿女再也不愿再在那令我们讨厌的家里多住一天了！我们都渴望在新的家里过元旦，过春节。

月底前几天，区政府出了一辆卡车和几个人，帮我们将家搬走了。

所幸我们搬得早，元旦后下了一场大雪，我们和陈大娘曾经的家，被大雪压塌了……

寒冷的冬季

那一年的冬季特别寒冷，且多雪。

我们的新家也是里外两间，都是长条形的。里屋十六平方米，外屋十二平方米。里屋还像个屋，外屋更像是走廊，由于窄，显得更是长条形的了。同样有"门斗"。在哈尔滨市，但凡是一处房子，几乎都有"门斗"。冬季一到，往往寒风凛冽。没有"门斗"的人家，出出入入的，只要一开门，寒气就会直灌屋内，屋里就很难保持住点儿温度了。

终于，我们有了墙不歪、门不斜、窗子周正的新家。区政府派的工人，为我家在里屋搭了对面的"床"——不，严格说来，是对面铺。里屋前后都有窗，对面铺都连着窗。坐在床上，从前窗可以看到大院里的情形，从后窗可以看到后街的情形。母亲对于这一点满意极了。

但那一个冬季我们全家人冻得够呛。一是由于太冷了；二是由于搬得仓促，没来得及买点儿好煤；三是由于那房子是在有限的地方专为我家突击盖成的——我们入住时，泥墙还没干，火墙的面积也太小。

冷到什么程度呢？冷到里屋的墙壁会挂霜，外屋的水缸会结冰。

然而，我们一家的元旦还是过得充满喜气。母亲给了我一元钱，要我星期日到市里去买几张彩纸，只有到市里去才能买到。从新家到市里去，比从"安子片"到市里去远了半个多小时的路。

母亲说："路远了，你来回都坐车吧。"

我说："多走走累不着我。"

母亲说："那省下的两角钱给你。"

我说："不要，我一个小孩子要钱干什么呢？"

我心里想的是，省下的两角钱不是可以多买两张彩纸吗？

母亲用我买回的彩纸做成了拉花，剪成了窗花、福字。春节前，我家对面铺的屋顶下悬挂起了好看的拉花，窗上贴着窗花，门上贴着福字了。晚上，在灯光的照耀下，墙上的霜分明也反射着有色的光了。我和哥哥和三弟睡在同一张铺上，哥哥趴在被窝里看课本，我和三弟挤在同一个被窝里欣赏我们的家。

在外人看来，那也不过就是一般的家，根本没有任何可欣赏之处。但对于我们全家来说，能有那样的家已经十分幸福了。

至于冷——我们曾经的家在冬季也谈不上温暖，我们早已习惯了。再说小孩子也比较抗冻，尽管我们的手脚终日冻得红肿着。

我们新的大院其实不算大，比曾经住过的那个大院小不少。邻居却挺多，共七户，算我家八户。另外几家的面积都比我家大，也都是动迁户，我家是最后搬来的。

初一，新邻居们纷纷来我家拜年。显然，他们都是从别处搬来的，就都有一个共同的心愿，以后要将邻居关系处得和和睦睦的。

对拜年的邻居们，母亲说的第一句照例是："快请坐火墙这儿！"——两口旧箱子并列摆在火墙前边，可坐人，那儿是家中最暖和的地方。

邻居中有位叔叔在煤场做会计，看着一面墙问我母亲："那是霜吗？"

母亲说："可不是嘛，让孩子们往下刮过，刮掉又起，也就只有那样了。"

那位叔叔临走时对我母亲说："屋里太冷了，冬季还长着呢，挨着不是个事儿。准备好钱，春节一过，让你家老大老二到我当会计的煤场去买半吨好煤。"

另一位邻居家的叔叔拜年后说："只靠火墙那点儿热度哪儿行，你们在里屋砌个炉子吧，那样屋里就会暖和多了。"

母亲说："孩子们哪儿会呀，再说也没砖啊。"

叔叔说："要不了多少砖，我家有些旧砖，让孩子们先搬来用，孩子们不会有我呢。"

母亲说："那多谢了，春节以后就砌。"

叔叔说："别等春节后了，明天就砌吧，早一天烧上，屋里不是早一天就暖和了嘛。"

初二那天，在他的指导和动手帮助之下，我家里屋也有了砖炉子。

有了炉子还得有炉盖子和烟囱才能起火，那位叔叔就陪着我母亲挨家去借，居然借齐了。

长大后的我总想，新邻居们为什么对我家那么好呢？也许因为我父亲是"大三线"工人吧？当年，"大三线"工人的家属，往往会受到军属般的友善对待；也许因为母亲是个身形单薄的女人，带着五个孩子的生活，种种不易可想而知，每每会引起别人的同情；也许我家幸运，新邻居们都很善良——善良的人们住在同一个院子里了。

从初三开始，家里不那么冷了。但家里只剩下不多的煤面子了，而仅用煤面子每天早上生火特别难，别说取暖了，连做饭都成了问题。

"你们邻居叔叔主动要帮咱家买半吨好煤，多好的事儿啊，可……"我听到母亲对哥哥说了这么半句话。

哥哥不知说什么好，沉默。

我明白，"可"字的后边，是"家里没钱了"一句话。我明白，哥哥自然也明白——每年都是这样，一过完春节，父亲若没及时汇钱来，母亲就得向邻居们去借。

可——全院都是刚认识没几天的新邻居，叫母亲怎么开得了借钱的口呢？

看着母亲那种发愁的样子，我心里很不好受，忍不住说："妈，把咱家那几块木板卖了吧！"我指的是曾在我家隔过水的几块木板。

母亲就看哥哥——卖木板要在天黑以后，将木板拉到有夜市的地方去，那些地方都是半合法半不合法的地方，有人也在那儿卖粮票、布票和烟酒票等票券。有人管时就不合法，没人管时互相交易也就交易了。

"妈，我可以去！"哥哥的话说得很勉强——他已经是中学生了，还是团干部，唯恐自己做的事与"违法"

二字沾边。

我又说："哥，我也去。要是有人来抓，你先跑，我拖住他们……"

哥哥训我："别胡说！"

母亲叹口气，摸了我的头一下，立即去向帮我家砌炉子的叔叔借手推车——叔叔是收废品的人，家里有手推车。

正月十五前一天，我和哥哥去卖木板。

结果我们哥俩双双被抓住了——因为那明显是工地上才会有的跳板被锯断了，缉查人员怀疑是偷的，将哥哥扣留了，让我回家"请"家长。

我一回到家里就哭了，心里又憋屈又愤怒。真有愤怒，却又不知具体该生谁的气。

母亲乱了方寸，急忙去告诉邻家叔叔，因为同时被扣住的还有叔叔家的车。母亲回到家里时，眼圈红红的，分明也哭过。

邻家叔叔是当地老户，一路劝母亲别急，说自己认识几名稽查队的人。

母亲说明情况后，邻家叔叔的面子也起了作用，对方没再为难我们，还给了我哥哥一张卡片——那是允许买卖的证明。有了它，不会再有人找我们的麻烦了。

邻家叔叔见母亲穿的单薄，劝母亲和我回家去，由他陪哥哥卖一会儿。我认为主意是我出的，坚决留下不走。

母亲走后，邻家叔叔对哥哥说："傻站着不行，得吆喝。"

但哥哥就是喊不出"卖木板"三个字来。

邻家叔叔说："这就有点儿不好办了，我能把'收破烂'三个字喊得挺顺口，喊'卖木板'三个字也觉得拗嘴。"

我说："我喊！"

在那个寒冷的夜晚，我接连不断地大喊："卖木板啦！卖上等木板啦！厚木板便宜啦！谁买木板啊！……"

我从没那么大声喊过，我的喊声很响亮。

一个多小时后，木板终于被人以十五元买走了。不仅足够买半吨好煤，还能剩下一元多。

我半夜发烧了。

只有市里的大医院才有急诊，而我家已经住在离市里很远的地方了。那时已没有公交车了，家里也没药。邻居家的窗子全都黑了，母亲实在没有勇气去敲邻居家的门问有没有退烧药。母亲急得团团转。

哥哥问家里有没有白酒。

母亲说有一瓶，没开过呢，是春节凭票供应的，不买就作废了，所以买了一瓶，留着遇事求人时送人。

哥哥说用白酒擦我的身子能帮我退烧。

母亲问，方法可信吗？

哥哥说他也不知道，是从什么小说中看到的。

除了那个方法也没别的法子了呀。

母亲就按照哥哥的话，倒了半碗酒，用沸水煮热，用棉花蘸着，擦我前胸和后背、手心和脚心。趁着我身上湿，不停地用双手搓。哥哥也帮着，直搓得我全身大汗淋漓。第二天早上我果然退烧了。

后来，我家有了半吨好煤。在冬天剩下的日子里，全家人再也不挨冻了。

父亲回来了

那一年的七月，父亲回来探家了。

七月是哈尔滨最好的季节。如果不下雨，几乎每天都阳光明媚。树叶在七月最绿，有小院的人家，院子里大抵会有一两种花在开放。男孩子们可以只穿背心短裤了，女孩子们可以穿裙子和"布拉吉"[1]了——那使她们本身就成为一道亮丽的风景。

一批批是临时工的家庭妇女被辞退了，母亲也不能幸免。但母亲很快又找到了工作，在街道工厂加工棉鞋帮，离家近，因为是计件工资，挣的比当"翻砂工"时还多些——小学课本中《慈母情深》一篇课文中写到的情形，就是我母亲每天上班的情形。

母亲觉得自己十分幸运。不但有了较宽敞的家，挣

---

[1] 布拉吉：即连衣裙。"布拉吉"是俄罗斯语"连衣裙"的译音。——编者注

的钱还多了几元，这使我们全家的生活开始向好转变，母亲和我们几个儿女终日开开心心的。

母亲已经和院里的邻居以及同一条街上的母亲们"打成一片"了。

邻居中那户收废品的叔叔家比我家还困难，街坊中也有比我家困难的人家。母亲甚至经常对那些人家的母亲们说："一时缺钱就吱声哈，十元二十元的我借得出了。"

听自己的母亲对别的孩子们的母亲们这么说，而不是开口借钱，我作为一个儿子的感觉好多了。

我能及时交上学费了，这使我的自卑心理消失了。

七月份里有两件事成为我人生中的第一次——区政府通过街道干部给我家送了一份慰问"大三线"工人的慰问券，用它可以在指定的商店领取一些礼品，如糖果或玩具，也可以在指定的照相馆照一张全家合影。

我们几个儿女都主张照合影，母亲也是那么想的——于是我家便有了一张父亲缺席的"全家合影"。

那张照片，多次出现在我的需要有照片的书里。在我记忆中，那是母亲心情最好的时期，也是我们几个儿女心情最好的时期。

另一件事是哥哥被学校推荐为"哈尔滨之夏"音乐会的义务"协助员"了，帮着收票、维持入场秩序、清扫场内场外，还上台搬了一次钢琴。相应地，他得到了一张入场券。

于是我欣赏到了一次在青年宫举办的"哈尔滨之夏"音乐会——我穿上了照相时穿的那身最好的夏装，入场时尽量表现得像一位小绅士。

那次欣赏给我留下了至今难忘的印象——觉得音乐厅真是个奇妙的地方，居然能使一个普通人家的男孩非常在乎自己的行为是否文明。当然，那些由著名歌唱家演唱的歌曲，也成了我后来会唱并至今喜爱的歌曲，如《草原之夜》《红河谷》《乌苏里船歌》……

我爱我们那个新家。除了上学和写作业，一有时间就搞卫生。擦窗子要先擦四角，四角干净，窗子才算擦干净了——这是我经常擦窗所总结的经验，也是每次擦窗对自己的要求。如果哪天下雨窗子淋脏了，第二天我一定要挤出时间再擦干净，我已经变得无法忍受自己家的窗子是不明亮的了。我家的外间屋是砖地，砖地比木板地更容易沾住泥土，我就经常用铲子逐块地铲刮，使砖地重新显出砖的红色来。

至于里屋的地板，我至少一个星期用硬硬的草根刷子刷一次，已刷得木纹清晰可见。

邻家的母亲们常夸我和哥哥："他梁婶你的命可真好，老大那么爱学习，老二那么爱干家务，强似个勤快的女孩子啦！"

母亲那时就笑着说："一母生九子，九子还各别嘛！"

确实，我一点儿都不爱玩，特别愿意干家务。在我看来，我们的家已经很不错了。既然如此，为什么不使家里干干净净的呢？我也爱做饭和洗衣服。坐在炉前守着锅，勿使粥煳底了，同时安安静静地看一本小人书，是我很享受的时光。而弟弟妹妹们穿在身上的衣服虽然旧，虽然打了补丁，但干净，也会使我心情愉快，觉得自己这个二哥当得挺合格。

新家的墙皮有的地方脱落了，有的地方发霉了，出现了一块一块的黑斑，那是冬季曾经挂霜导致的。

我跟母亲说我要将墙刷一遍。母亲讶异地说："你能行吗？妈每天上班帮不上你，你哥一门心思学习，也没精力帮你，你可想好了，别逞强。"

我自信满满地说："妈你放心，我做得好。"

母亲不再说什么，默许了。对于我的某些想法，只要属于"正事"，母亲总是持一种不妨让我试试的态度，很少打击我的主动性。

那时我与邻居家也熟了，借到了刷子。接下来，上学放学的路上，留心观察哪儿可以挖到黄土，让三弟帮我抬回家两桶黄土。为了防止抹过的墙裂纹多，我让三弟和四弟帮我筛炉灰，用筛细的炉灰代替沙子，与黄土拌在一起。还要有白灰，白灰当年很难买到，但我已发现一处工地上有倾倒的白灰渣子，那是白灰块熬灰浆后的淘汰物，但再用开水泡一次，还是能泡出白色的灰水来，刷在墙上肯定不会多么白了，却总比不刷一遍要白些。墙为什么非得是白的呢？有些人家的墙就不是白的呀！我忽然灵机一动，往一碗灰水里兑了几滴蓝墨水，再往墙上刷几下，干后的效果居然挺好，呈现出白里泛蓝，微蓝而不失其白的那么一种效果。

一切准备工作就绪，某天放学后，我开始了"刷墙工程"，三弟四弟踊跃当我的助手——两个弟弟也希望父亲回到家里时，能给父亲一种惊喜。没有铲墙皮和抹墙的铲子，就用炒菜的锅铲，用了没多久，居然用顺手了。

说起来容易，做起来很麻烦。因为我们的家不是空房子，我和两个弟弟也没力气将家具都搬到外边去，只能挪挪而已。我必须十分小心而又十分有耐心，否则会弄得到处都是灰点子。

母亲下班之前，我和两个弟弟已刷好了一面墙。

母亲夸奖地说："儿子们，你们太能干了，辛苦了，妈谢谢你们，妈要为你们做顿好饭菜。"

母亲去买了十几个烧饼，抻了一锅面片，炒了两样菜，算是犒劳我们。

第二天早上，那面墙干了，颜色果然很理想。

我和两个弟弟受到劳动成果的激励，下午干得更来劲儿了，也更有经验和章法了。

五天后，我"领导"的"刷墙工程"彻底结束。我家里外屋的墙，比刚入住时更白。用现在的说法，是一种特"养眼"的"蓝瓦瓦的白"，或者也可以说是"白晃晃的蓝"，反正挺好看。不仅如此，我和两个弟弟还使下半截墙出现了浅黄色的、似云非云、似浪非浪的美观的图案——那是我们脑洞大开的一项"发明"：将母亲染衣服的染料兑在灰水中，再将抹布像扭麻花那样扭两下，蘸着灰水在墙上有秩序地滚动，于是就会出现那种好看的图案。

同院的人家女孩子多，有男孩的人家，男孩的年龄也都小，只有我家兄弟四个，我四弟也上小学一年级了。

邻家的母亲们纷纷站在我家窗外往屋里看，惊讶之情溢于言表。

有的说："还是男孩子多好呀，这种活儿，一般大的女孩子哪做得来！"

有的说："到底是建筑工人的儿子们，小小年龄，把家弄得这么漂亮！"

还有的说："他们的爸爸回来了，心里会多高兴啊！"

母亲则笑着说："以后你们谁家刷房子，我让这三个儿子出义工！"

如今想来，我认为，一个来年就上六年级的男孩子，只要受环境影响，其实是可以学着做不少事的。从前农村的小学生们，日常不是往往要替大人割猪草喂猪、放牛；农忙时不是要帮大人下田插秧、收割庄稼吗？只不过时代不同了，现在的孩子们会用手机替大人付费，叫外卖，从网上购物、约车、查信息，道理是一样的。我会做那些，无非是因为自幼常见大人们怎么做而已。

一切人的动手能力，都是在做的过程中培养起来的。小孩子也不例外。

正如邻家母亲说的那样——我父亲进了家门，放下东西，四下打量着我们的新家，满面悦色地对母亲说："墙的颜色搭配得很好，我喜欢，起码是正式粉刷工的水平。请人刷墙我也不反对，新家嘛，美观一下是必要的，可……花了多少啊？"

母亲庄重地说："一分钱没花，是老二老三老四他们仨的功劳。"

"你们？!……"

父亲不相信地瞪大了眼睛。

我说："对，没靠任何外人帮忙。"

父亲将我们一个个拉到跟前，看看这个，看看那个，忽然将我们一起搂住了，动情地说："都不愧是爸的好儿子，这么小就知道爱咱们这个家了，好，好！"

第二天，父亲挨家挨户向邻居们表示感谢，促进我家和邻居们的友好关系。

父亲带回了十张已经镶在框子里的奖状——如果我们的家还是从前那个家，父亲就不会往回带，因为带回来了也无处挂。由于我们向他"汇报"了新家还不错，他才决定带回来的。镶在框子里的奖状啊！十张啊！框子不沉玻璃沉啊！五个捆成一捆，两大捆呀！还带回些别的东西呢，千里迢迢还要转几次车呢，多不容易的一次旅途啊！

但往细了一想又是那么的可以理解——只身在外，所获荣誉多多，仅凭自己来说不行，得有种不容置疑的证明吧？那些奖状足以证明他是一名模范的"大三线"工人，足以使他在儿女们心目中确立一位可敬的父亲的形象。为了实现这一愿望，他肯定认为一路上再累也是值得的。

我家对面铺之间靠墙摆着一张长桌，桌上立着一面大镜子。父亲将那些奖状挂在了桌子两边，左右各三个同样大的，第二排各两个小的，并亲手将哥哥获得的、一直卷起来放着的奖状用图钉按在墙上，于是镜子两边的墙几乎被奖状占满了。

到我家"回访"父亲的叔叔们，都对我们的父亲另眼相看起来。当他们听父亲说框子是他自己做的，又都表示佩服——不是所有的建筑工人都能将细木工活做得那么好啊！

父亲还带回了一些鞋子——是工友们丢弃的"劳保鞋"，皆水牛皮的；被父亲东一双西一双地捡了，刷洗干净，该补的地方补好。有的并不成双，是父亲将它们配成一双的。颜色深浅不同，尺码也一大一小。

父亲说"大三线"工人最费的是鞋和手套，所以后来不发胶鞋了，干脆两年发一双水牛皮的鞋了，结果还省了劳保经费。

母亲质问："孩子们都小，你带回的鞋他们能穿吗？"

父亲不高兴地说："我辛辛苦苦地带回来了，你怎么不表扬我还责备我？他们不长个儿了吗？长个儿不长脚吗？"

母亲就不再说什么，默默将那些鞋放入箱子里。

母亲竟也对父亲刮目相看起来——因为父亲不仅带回了那样的鞋，还给我们五个儿女每人带回了一件棉线织的背心，全是他自己织的！

母亲无论如何也想不到父亲居然学会织毛活儿了，这使不会织毛活儿的母亲深觉惭愧！

父亲要织成一件背心，先得在工地上到处捡破了的"劳保"手套。捡到足够时，一起洗干净，拆成棉线，接在一起，再用颜料染一遍，之后才能开始织，总之织成一件背心的过程相当麻烦。父亲的视力已经不好了，戴上花镜也改善不了多少，所以那些背心上线接线的地方疙瘩挺大。除了这一条缺点，其他方面没毛病。至于样式——哪家的小儿女会在样式上挑剔自己的父亲为自己织的背心呢？看去是背心就非常感动了呀！

邻家的女人们听说了，都纷纷到我家来参观，一致表扬我父亲有耐心，对儿女也太有爱心了。

有位邻家叔叔开玩笑地说："梁大哥，你这等于成心给我们几家当爸的'戴眼罩'[1]啊！"

父亲像小孩子一样难为情地说："不敢，不敢！"

母亲也从旁说："主要是想给我'戴眼罩'！"

父亲更难为情了，批评我母亲："你这么认为，不是太小心眼儿了嘛！"

母亲和那位叔叔忍不住都笑了。

因为我们有了新家，父亲心情大好，在多数探家的日子里，从早到晚和颜悦色的，与我们记忆中的严父印象判若两人。

一天，父亲逛街回来，一进家门看到我和三弟在家，立刻说："没想到你俩还都在，快带上门斗的绳子跟我走！"

母亲奇怪地问："刚进门又走，还领走两个儿子，急匆匆地干什么去呀？"

---

[1] 戴眼罩：东北方言，指故意使人陷入窘境。——编者注

父亲说："好事儿，晚一步就后悔了。"原来，一条马路上伐倒了几棵影响无轨电车行驶的柳树，截成一段段装车运走，砍下了遍地柳枝。父亲征得同意后，命我和三弟将柳枝拢在一起，用绳捆上。

我们父子三人每人一捆，背回家三捆粗细不一的刚砍下的柳枝。我家后窗前有十几平方米空地，父亲教我和三弟用柳枝编篱笆。父亲说如果及时下一场雨，有的柳枝兴许就能活。

隔日还真下了一场暴雨。几天后一半柳枝长出了叶芽。从此我家有了后花园，围成花园的柳条篱笆绿叶密垂，挺美观的。

为了使花园是名副其实的花园，我朝思暮想从什么地方移回家两棵树来。

三弟就近上的通达小学，一天他放学后对我说，小学校对面的"疗养院"在扩建，砖砌的高墙拆除了，老师要求他们以后上学要戴口罩。

"疗养院"的全称是"干部结核病疗养院"，某一个时期哈尔滨市曾流行过肺结核，大人们说起那个地方都有点儿谈虎色变。那个院子是方圆几里内树最多的地方。

我顾不上细想，扛起铁锨就出了家门。

"疗养院"的院子里正有卡车进进出出，或往内运砖和沙子，或往外拉拆除的东西。来不及拉走的断砖碎瓦堆在林木之间，压倒了不少小树苗，使我看着心疼。

我想到父亲连捡被砍下的柳枝都要问一声可以不可以，获得允许后才动手捡，便也问一位"疗养院"的叔叔，我可不可以挖走两棵被压倒的小树苗？

我对他的礼貌使他很高兴，他爽快地说："可以，有什么不可以呢？"

见我真的搬开砖瓦，打算挖压倒的小树苗，他又说："孩子，别犯傻呀，我都同意了，你就挖两棵站着的吧。反正它们在大树底下，不挖走也长不大。"

我听了心里一阵激动，浑身来劲儿，不一会儿就挖出了两棵长势挺正的树苗。为了保持它们根部的水分，我没除掉根系连着的泥土。

两棵小树苗——不，严格地说已经算是小树了，大约有三十几斤重，我一只手还得拎着锨呢，回到家里已是汗流浃背，衣服都湿透了。

母亲一听我说树是从"疗养院"移来的，吃惊不小，训我不该到那种地方去。

父亲却说："他已经移回家来了，又累成这样，少训他两句吧。关键倒是征得人家同意了吗？如果没有，那不成偷了？"

我将经过说了一遍，父亲表扬我："那么做才对，那么做才对。"

父亲帮我将两棵小树栽在后花园里了。

我要去挑水，及时给两棵小树苗补充水分。我早已经开始挑水了，但挑不起一担，只能挑起半担来。

父亲说："你别去了，我去挑吧，你先在家歇会儿，哪儿也别去。"

给小树浇过水，父亲又将脸盆放在外边，也将半桶水拎到了外边，一瓢一瓢地往我头上倒水，要求我多打肥皂，好好洗了两遍头和脸，接着为我擦身。显然，对于我去过"疗养院"这件事，他心里也是有顾虑的。

而我那么做，是出于对美好生活的向往。有二十八平方米的一个家，而且还是墙直门正，屋地不下陷，窗子玻璃全的家，而且有小小的后花园，花园里有两棵长势挺好的小树——在当年，我的向往基本也就实现了。

在学习方面我不是一名特别用功的小学生，除了作文有时得高分，总体成绩一直排在中游，有几次还成了班里的"下游"生。我常这么想，我家四兄弟中，有一个哥哥学习好就可以了。至于我自己，从没有过任何远大志向，如果将来能当一名"车床工人"，我觉得那就很幸运了。"车床工人"指的是车间里操纵机械、进行半手工半机械化劳动的那一类工人。或者，当电工也不错。我要当上那类工人得考上技校。哈尔滨市当年有一所"电力机械学校"，简称"哈电机"。从那所学校毕业的学生，基本都能分配到大型或较大型国营工厂。不必当学徒，一参加工作就是一级技工，能挣三十二元工资。"哈电机"在哈尔滨的技校中属于名校，是许许多多劳动人民家庭的还在上中学的儿子的"龙门"。万一很努力了却没考上，我也不会觉得我的人生没希望了、糟糕透顶了——像我父亲那样成为一名建筑工人，我并不认为便是多么丢人之事，我父亲不是也挺受人尊敬吗？

确实，我在学习方面不是太刻苦，因为我有一种自信，只要初三时努把力，考上"哈电机"是不太成问题的。我更愿为我们的家庭服务好，使远在大西北的父亲省点儿心，使母亲少为我们的家庭受点儿累。既然哥哥已经一门心思扑在学习上了，那么就让我充当实际上的长子吧。是的，我当年就是这么想的。

父亲居然做了一件糗事——一日他去探望他工友的家属回来，带回了两包东西。他说在路上见有人兜售，忍不住就买了。他说听兜售的人宣讲，那是制作汽水的原料，每包可制成半桶汽水。方法十分简单，投入水中，立刻冒沫，当即就能喝，口感与汽水一样。

连日来天热。父亲命我快去挑水，说刚挑来的水才够凉，他要请全院的人喝"冰镇汽水"，消消暑热。

我见他十分兴奋，专执一念，不好违抗他的命令，顺从地将水挑回来了。纸包里的东西一入水，果然立刻起泡。父亲用大碗舀起一碗，喝了一口，咂了咂嘴，说不对劲儿。我也喝了一口，虽觉口中微甜了一下，却转瞬就变苦了。

有位上夜班的叔叔走出家门，要过第二包东西仔细看了看，用手指蘸了点儿白色粉末舔了一下，随即往地上吐了一口，肯定地说："是糖精。能使半桶水冒泡的是什么东西我就不知道了。梁大哥你的好意全院心领了，但这种汽水咱们可千万别喝，引起中毒不是小事情，梁大哥你负不起那份责任的！"

一番严肃的话，说得父亲脸红到了脖子，连连点头接受批评："对，对，我没往这处想，你的话在理！"

我母亲也踱出家门，嘲笑父亲："怎么样，丢面子了吧？总以为自己走南闯北，见多识广，怎么别人几句话就把你骗了？以后凡事要有自知之明，拿不准的事多问问再决定做不做！"

父亲红着脸说："记住你妈的话。"

母亲反驳他："我说的不是儿子，我说的是你！"

父亲只得认错："接受你的批评……那什么，这桶水你用来洗东西吧。"

母亲说："才不用那桶水洗呢。听我的，干脆泼院子里湿湿地面吧！"

父亲就乖乖地将水泼了。

那件事，后来在一个时期里成了全院大人们的笑谈。而父亲这位"梁大哥"，也在笑谈中由可敬变得可爱了——民间将那一种可爱叫作"直心眼儿"。

在我看来，更可爱的是我们那个大院的叔叔婶婶们。他们和她们也都是"直心眼儿"的人，容易轻信。而一旦意识到信错了，纠错能力也很快，表达反感很直接，都不太愿意说"弯弯绕"的话，更耻于说那种文过饰非的话；并且，都很善良。

如今想来，我认为我是幸运的。在那么一种"大院环境"中长大，使我长大后一直拒绝"他人皆地狱"的说法。

父亲那十二天探亲假很快就要到期了。他临走前一天，将我和哥哥叫到跟前，认真地说："到了冬天，咱家必定还是个冷。里屋砌了炉子也暖和不了多少，里屋烧炉子灰还大。我走后，你俩要脱些土坯，赶在入冬前砌成一铺火炕。那用不了多少坯，一百块足够。怎么砌，我已经将图纸画好了。有了经验，明年砌第二铺火炕。两边都是火炕，你们冬天就再也不会挨冻了。拆了炉子，屋里不但干净，还宽敞。老大老二，你俩能做好这件事吗？"

我保证地说："能。"

哥哥却不说什么。

父亲问哥哥："老大，你怎么不说话？"

哥哥欲言又止，低下头去。

母亲正在外屋做饭，大声替哥哥回答："他明年高三了，他老师认为他准能考上大学，他哪儿有精力做你说的那些事儿？"

父亲看着哥哥愣了片刻，猛起身走到外屋去。

我和哥哥听到父亲在外屋质问母亲："他老师们怎么认为是一回事，你怎么认为是另一回事，你怎么认为呢？"

母亲说："他学习好，咱们当父母的干吗不支持他考大学？"

父亲说："支持不支持是一回事，供得起供不起是另一回事，依咱们家的情况，供得起吗？"

母亲说："我不是每月还能挣十七八元钱吗？"

父亲说："别提你挣那十七八元钱！正因为你也挣份工资，我这当班长的，每次涨工资得主动谦让！你那种工作是长久之事吗？你的眼睛不就是那种工作毁的吗？咱们就一个儿子吗？最小的女儿两年后都该上学了，那时咱俩要供五个儿女上学，你考虑过这些实际情况吗？……"听来父亲越说越生气了。

"别跟我嚷嚷，没见我正做饭吗？"母亲的话听来也不高兴了。

"砰"的一声重重的关门声，分明是父亲摔门而出。

哥哥快哭了。

父亲探亲假的最后两天，家中笼上了不和谐的阴影，我们几个儿女都言行谨慎，唯恐做错了什么事，惹父亲带着一肚子气返回大西北……

与陈大娘诀别

我的暑假也很快就过去了。我是六年级小学生了。

开学后不久，陈大娘的儿子正子到我家来了一次。当时我不在家，听三弟说，正子哥一进门就哭了，送走正子哥后，我母亲也哭了。

我问母亲怎么回事？

母亲说："你们陈大娘病了，怕是好不起来了，星期日妈得去看看她。"

我明白"好不起来了"是什么意思，这使我的心情也很难过。

我说："我也跟你去。"

母亲无言地点头同意了。

当晚，哥哥知道了那事，也说一定要去。

星期日上午，母亲和我和哥哥一起去看陈大娘，留下三弟、四弟陪小妹妹并看家。

路上，经过一家商店买东西时，母亲对哥哥说："别买点心，你们陈大娘已经咽不下东西了，买几瓶水果罐头吧，挑水多的买。"

哥哥买了三瓶罐头。

躺在床上的陈大娘一见到我们，立刻想要坐起，却无力坐起来了，在正子和他二姐一左一右的帮扶之下才坐了起来。她已经可以用骨瘦如柴形容了，满口没有一颗牙了，而且没戴假牙。淑琴姐说，她不愿再戴假牙，因为总咳嗽，一咳嗽会将假牙咳出口。口中没了假牙，她的唇向口内塌下去，塌出密密的褶皱。

她坐起来后，双唇咧开了一下。

母亲说："陈大娘冲你俩笑呢，快向陈大娘问好。"

我和哥哥就同声问好。

正子在床边摆了把椅子，请母亲坐下。母亲坐下后，淑琴姐朝正子使眼色，她姐弟俩一先一后出去了，为的是使他们的母亲与我们的母亲能有机会说些悄悄话。

哥哥代替正子坐在床边扶住陈大娘，不使她歪倒下去。母亲则用自己的双手合握住了陈大娘的一只手。

陈大娘说："我家在全哈尔滨市也没一户亲戚，你家不也是吗？"

母亲说："是啊。"

陈大娘说："咱们两家是隔壁邻居十几年了，从没闹过一次生分。咱俩呢，又处得那么亲，我要是死前不见上你一面，那就死得不甘心……"

母亲说："老姐，咱不聊不吉祥的话，聊点儿别的。"

陈大娘说："好，聊点儿别的，我这辈子老了老了，还能住上这样的房子，太知足了。可……知足的日子刚刚过上呢，哪承想自己得了治不好的病……"陈大娘流泪了。

"那什么，我喂你喝点儿罐头水吧？有梨的、桃的、山楂的，想喝哪种的？……"我母亲把话岔开了，然而，也流泪了。

看着自己的母亲对别人的母亲想说句安慰的话却没

有那样的话可说，我心里很不好受。何况所谓"别人"是与我亲如兄弟的正子哥呀！一想到正子哥即将没有母亲了，我心里更加难过。

那时，我忽然产生了一种巨大的冲动——抱住陈大娘亲她一下。

我那么做了。之后，我跑了出去。怕自己如果还待在屋里会哭起来。

我站在窗口一侧向屋里看，见我母亲在一勺一勺喂陈大娘喝罐头水，不知不觉我也流泪了。

半个月后，我在上学的路上碰到了正子哥，他袖子上戴着黑纱了。我愣愣地看着他不知说什么好。

他说他已经上班了，在一家豆腐厂做豆腐。

我与他分别后刚走了几步，他叫住了我，给了我几张豆腐票，还摸了我的后脑勺一下……

四十几年后，我创作《人世间》，陈大娘的样子一次次浮现在眼前，于是《人世间》中有了一个人物是郑娟她妈。

我获奖了

　　一个几角钱的笔记本和一份奖状。当年的奖状都是一张特制的纸，大小不同而已，镶不镶在框子里由自己决定。我获得的奖状比课本大不了多少，奖状和笔记本上都盖着"安广小学校小记者协会"的章子。安广小学校有一位少先队大队辅导员老师，他特别热心于他的工作，成立了"小记者协会"。"协会"原则上只吸收是少先队员的同学，因为设立在"少先队大队"之下嘛。我在五年级时加入了"协会"，但那时我还没入队。没入队本是没资格加入"协会"的，大队辅导员老师了解到我的作文比较好，主动找我谈了一次话，希望我写份要求加入少先队的申请书。我已不是"逃学鬼"了，学习成绩提高了，有些上进心了。我交了申请书，他很快就批准我成为"小记者"了。在一次开"小记者"会时，他提醒"小记者"们不许因为我不是少先队员而歧视我。

"小记者"们并不单独进行采访，至少三个人结成一个小组。去哪里采访，采访什么事，什么人，都是由辅导员老师预先联系好的，有时他还亲自带队。我参加了每一次小组采访，我对采访活动相当重视，因为不愿辜负大队辅导员老师对我的"特批"，也因为"特批"那件事使班里的同学们似乎对我另眼相看了。但我并没写过一份采访稿，至少三人的集体采访根本轮不到我写稿，大家每次都互相争着写，往往，有的"小记者"还会因为没争到写的机会而哭鼻子。我一次也没争过，觉得自己最没资格争。就是有资格争，我也不争——我更愿意写我自己想写的内容，并且更愿意以自己喜欢的方式来写。我觉得那类由某某同学"执笔"的采访，被互相争的同学写得太相似了。

　　哈尔滨市有一家儿童电影院，是专向少年儿童开放的低票价影院。有次我们全校师生到儿童电影院去看电影，一名同学忽然大声对我说："梁绍生，看，一个与你同名同姓的人！"

果然——一块巨大的誊抄板上，写着我的一篇小说体的"作品"，内容是几名小学男生修理课桌椅的事。采取的是拟人写法，比如钉子已经松了的椅子，在被同学坐上时，会"发出痛苦的呻吟"，而将它们修好之后，它们又会互相说些感激的话，被落在教室窗外树上的喜鹊听到了……

那块誊抄板有一米半宽，两米半那么长，不是黑板，其上写的也不是粉笔字，而是裱了白纸的宣传板，白纸上画出了红色的方格，如同一页放大了的作文本上的纸，字是用毛笔写的小楷体字。

我看了一会儿，确认那正是我的"作品"后，肯定地说："不是同名同姓的别人，那上面的落款就是我。"

"你敢说那个名字就是你？再说一遍！"

那名同学大惊小怪起来，引起了更多同学的关注，我陷入了被嘲笑的旋涡。

大队辅导员老师出现了。

他证明我没骗同学们，他的话也引起了老师们的关注。实际情况是，我将自己写的那篇"东西"交给他看，他说写得不错，并且留下了。肯定是由于他的推荐，才会出现在儿童电影院里。而我一次也没完成过由我"执笔"的采访，却获了奖状和奖品，也肯定与那件事有关。颁奖仪式同样在儿童电影院举行，在电影放映前，由教导主任授奖——显然，学校对"小记者协会"的活动很重视。我听有的同学说，原本没打算搞得那么郑重，因为我的"作品"出现在儿童电影院了，才改在儿童电影院颁奖。我第一次在全校师生的注视之下走上正式的主席台领奖，内心自然激动了一番。

过后我想找机会对辅导员老师说几句感激的话，却一直没有那样的机会。一天，辅导员老师主动找到了我，对我说他很快就要调走了。

我竟一时不知说什么好。

"要争取早日入队……"

他还说了几句别的话，我却只记住了以上一句。我还是不知说什么好，曾在心里想好的话忘得一干二净，唯有点头。以后我再没见到过他。

快到期末的时候，我终于入队了。六年级上学期才入队，真是太晚了，全班只剩几名同学还没入队了，他们在小学毕业之前也都会入队的。我因自己毕竟不是最后一批入队的同学而保住了几分小学生的自尊心，对于一名"逃学鬼"来说，保住了那几分自尊心很重要。

家里也拆除了一边的木板床，砌成了火炕。那主要不是我的功劳，哥哥出的力最多。和泥脱坯是很累的活。泥和不好，脱成的坯容易裂。我只不过和三弟、四弟将黄土准备好了。一个星期天家里来了几名哥哥的男同学，他们用大半天的时间就脱出了一百多块坯，根本没用我和三弟、四弟插手。火炕也基本是哥哥按照父亲留下的图纸砌成的，三弟、四弟负责搬坯，我给哥哥做小工。

那年冬天我家更暖和了些，墙上不再挂霜了。屋里拆除了炉子，地方宽了，也干净多了。

第二年初夏，我即将毕业了。

关系友好的同学开始互赠纪念品。在从前的年代，小学生之间互赠的纪念品基本都是友谊卡片，类似后来的贺年卡，几分钱一张。但如果买十几张，那不也是几角钱吗？能买一斤好咸菜全家吃几顿了，我没勇气因为那种事向母亲要几角钱——哥哥有可能成为大学生了，母亲得为此多少攒下点儿钱，她花钱更节俭了。而且与我谈得上关系友好的同学几乎没有——因为我曾是"逃学鬼"，也因为后来我家搬离了"安字片"，我不再与同学们结伴上学放学了，不再经常在一起玩了。

几乎没有不等于完全没有。

下学期开学不久，班里多了一名叫陈元元的男生，在男生中算中等个儿，和我差不多高，圆头圆脸的，像"苹果脸"的女生。班主任老师向同学们介绍他时，忍不住笑了一下，问谁给他起的名字？

他说不知道，估计是他爸爸。

老师说："回家告诉你爸爸，给你改名，就要上中学了，还叫这个名不好。"至于为什么不好，老师没说。

同学们虽然也奇怪，但很快就忘了那事儿。只有我，不但奇怪，也明白了老师为什么那么说——我想起自己看过的小人书中有一个叫吴三桂的历史人物，他是为了一个叫陈圆圆的女人引领清兵"入关"的。

下课时，我当着几名男生的面对陈元元说："我知道你的名字为什么不太好。"

我那么说是出于一种虚荣心，想证明自己比别的同学知道得多。

不料陈元元大怒，指着我高叫："不许说！你敢说我跟你拼命！"看来，他自己其实也知道为什么。

他那样子吓住我了，我没说。

他却又说："是同一个字吗？！"

他的话使几名男生更好奇了，全都怂恿我说，还都保证我的"安全"。

陈元元快哭了。

我仍没说。这时已不是由于怕他，而是由于自责。

放学后，我主动向他认错。

他大度地说："算了，反正你也没告诉他们几个。"

他说也有别的大人很郑重地劝他父亲为他改名，但他父亲是个倔人，认为既然不是同一个字，坚决不改。一说到他父亲，他又泪汪汪的了。

我俩回家的方向并不一致，我正要说再见，他忽然说："想到我家去玩儿吗？"

我没那种想法，愣了愣。

他又说："我爸是车老板，我家有匹马，是兔马，跟别的马不一样。"

当年，马车经常出现在城市里，我已多次见过马了。但兔马是什么样的马还是引起了我的好奇，我点了点头。

元元的家在一个大院的最里边，也是一幢低矮歪斜的小房子，门窗同样下陷得挺严重，使我联想到了自己先前的家。不同的是，那个大院的主人是一位老中医，元元的父亲和一辆两轮马车是为老中医出诊服务的，也负责接送行动不便的病人。院里四处种花，都盛开着，使院子很美。老中医家的房子特大，窗子擦得干干净净，有漂亮的窗帘，是典型的俄式大房子。相比之下，元元家住的房子太小了，只有一间屋和一个门斗。旁边是马棚，马棚旁边是马车。那匹兔马是匹小马，比驴子大一些，比骡子小一些，性情特别温顺，元元说我可以放心地摸它。我摸它时，元元说："你看它的耳朵多长，比一般马的耳朵长多了吧？它的脸是不是也要宽一些，短一些？从正面看是不是很像兔子？"

我则连连回答："像，是像，太像了。"

其实在我看来，所有的劳役马的脸都有点儿像兔子，那匹兔马的脸只不过更像兔子一些罢了。除此之外，再没什么特别之处。但我不由自主地顺着元元的话说，不愿使他看出我对兔马已经完全没有了兴趣。

将我送出大院时，元元问我："现在咱俩算是朋友了吧？"

我说："那当然。"

他说："拉钩。"

我就与他拉了一下小手指。

他说："都是朋友了，你可不许再提我的名字好不好了啊？"

我说："我保证。"

后来我也带他去了我家一次。有时候，他挺发愁他放学回家后，他爸爸不在家，他不得不吃凉饭，也许还没饭吃。我就经常主动邀请他去我家，对于我的主动，他一向高兴，因为不必吃凉饭或挨饿了，并且可以在我家和我一起写完作业。

我俩确实成了朋友。我是他转学后唯一的朋友，他是我毕业前新交的朋友，最想互相交换纪念品的朋友。

他曾坦率地告诉我他的爸爸妈妈"分开"了，究竟因为什么他也不清楚。他非常想念妈妈，有时会偷偷去看妈妈一次，不敢让他爸爸知道，他爸爸知道了会冲他发脾气的。

我陪他去看过他妈妈一次。在一家大商场外，他要我等他。我则耐心地等。

他许久才出来，哭过，却对我装出高兴的样子，请我吃了一支冰棍。

毕业前，我送给了他几本小人书。小人书是我特珍贵的"财富"，此前从没送给任何人一本。但他是我的好朋友，我舍得送给他。他送给我的是不大不小的笔记本，内中夹了不少糖纸，有的糖纸我连见都没见过，对于喜欢收集糖纸的小学生，肯定属于"珍品"。分明，那也是他舍不得送人的东西。我并无收集糖纸的爱好，但我高兴地接受了。

毕业后就放假了，各自等待中学录取通知书。假期我去元元家找了他一次，没见到他。马还在，车也还在，但车夫换了，住在小破屋里的也不是元元和他的爸爸了。

新的车夫正在喂马。

我问元元和他爸爸搬哪儿去了？

那人说不知道，没见过。他来到时屋子就空了……

我家出了大学生

　　我收到二十九中学的录取通知书几天后，哥哥收到了唐山铁道学院的大学录取通知书。

　　邻居们都向我母亲祝贺，说些"双喜临门"之类的话。

　　母亲那些日子经常笑容满面。

　　二十九中是所普通中学，一般人家的孩子考上了一所普通中学，其实并不值得道喜，邻居们的祝贺主要是冲着哥哥考上了大学这事。我不迟钝，明白此点。但我也发自内心地喜气洋洋，特别高兴。

　　唐山算不上是大城市，人口还没哈尔滨多。但它是中国采煤业的也是中国铁道事业的摇篮。而唐山铁道学院是中国最早的大学之一，当年是中国工科大学中的重点大学。我哥哥没考哈工大或哈军工而考唐山铁道学院，是为了圆我母亲的一个梦——当年哈尔滨市最令人羡慕的是老铁路职工的宿舍房，皆是美观的俄式砖房。母亲认为，只要哥哥将来能成为铁道工程师，我家以后也能住上俄式砖房。

虽然父亲对哥哥上大学是持反对意见的，但这一点并没影响母亲的喜悦心情。母亲的梦也是我们全家的梦，母亲不止一次向我和弟弟妹妹描绘过我们全家的梦——所以应该这么说，除了父亲，那些日子全家都沉浸在喜悦之中。毕竟，那梦似乎离我家近多了。

父亲之反对是有道理的。他已人过中年，安全生产条例规定，中年以后的建筑工人不允许再上跳板了，那意味着他将成为地面工人了，工资也会相应地减少。而我的两个弟弟一个妹妹都上学了，家庭支出却会增多。

母亲的乐观也是有根据的——她已经是街道工厂的熟练工了，以后会多挣几元工资。她觉得哥哥肩负着全家人的幸福梦，为了支持哥哥替全家把这个梦实现了，家里过几年"紧巴"日子是完全应该的。

哥哥自己却心事重重。作为全家幸福梦主要的肩负者和实现者，分明地，他深知自己的责任很大。

我给父亲写了一封报喜的家信。明知父亲反对自己上大学，那样的信哥哥认为不应由他来写。

父亲很快回了一封信。

父亲在"扫盲"时期学会了写一些字。他那封夹杂着错字白字的信，几乎等于是一封对哥哥的批评信。

我偷偷读给母亲听了。母亲嘱咐我藏起来，别使哥哥看到。

但哥哥发现了那封信，委屈地哭了。

哥哥上大学前又脱了一些坯。那些土坯还没干透，哥哥就离开了家。

我在三弟和四弟的帮助之下，将我家另一边的木板铺也拆了，砌成了火炕……

倍受关注的我

教我们班历史课的是一名男老师。

一天，他开始上课前，竟然说："请梁绍生同学站起来一下。"

我有几分奇怪地站了起来。

他看了看我，什么都没再说就叫我坐下了。

同学们当然也很奇怪。

教我们语文课的是一名女老师。一天，她按花名册点我的名，让我读一段课文。我读完后，她问："你是梁绍先的弟弟吗？"

我只回答了一个"是"字。而她表扬我读得好。这就更使同学们奇怪了。都是新生，互相还不熟悉，同学们倒也没围着问我什么。

二十九中是我哥哥的中学母校——他不仅学习好，还是校团委的团干部，并且是全校的文艺生之一，在全校的文艺比赛中获得过独唱奖。

一所普通中学的曾经的学生，后来考上了全市的重点高中，再后来考上了全国的重点大学，这使学校引以为荣，也使每一位教过他的老师感到自豪。

不久，不仅我自己明白了老师们为什么会有那样的反常举动，几乎全班同学都明白了。不是我自己说的，我也不清楚同学们怎么知道的。

我们全班没有一名同学的哥哥或姐姐是大学生。据说全校也没有。

我们刚上初中，谁想考大学那也得是六年以后的事。六年以后呀，对我们来说那就是很久以后。也许，正因为是这样，大学对我们似乎具有神秘色彩。而我，一名大学生的弟弟，必然地，开始被同学们刮目相看了。

我很不习惯自己成了一名倍受关注的学生。确切地说，我不愿自己"被"那样。

我更适应自己一点儿也不受关注的情况，那会使我更自在一些。我另外有一些自己愿意独自沉浸其中的时光——哥哥走时留下了多部世界名著，是他用自己勤工俭学挣到的钱买的。读那些名著的时光对我而言是特享受的时光。不受关注的好处就是，不至于感受到倍受关注的种种压力。

但事实是，我已经倍受关注了。我必须加倍努力地学习。我是一名记忆脑区很不发达的中学生，尤其不喜欢死记硬背的学习方式。对于物理、化学，我也很难产生学习兴趣。但是，为了不给哥哥丢脸，我要求自己早起晚睡地背俄语单词及物理、化学方面的公式。"不给哥哥丢脸"是我成为初中生以后的学习动力。因为我只不过想将来做一名父亲或邻家叔叔们那样的普通劳动者，所以除了以上学习动力，我几乎再无其他的学习动力。

有一种动力就比完全没有好。

期中考试我的成绩排在第九名。我无意中听到教数学的王鸣岐老师问我们的班主任："梁绍生学习怎么样啊？"

班主任孙老师回答："还行吧。"

我哥哥的学习成绩一向在全校名列前茅，我的学习成绩在全班排名第九，真是没法比呀！

王鸣岐老师

当年，她五十余岁了，是全校年纪最长的老师。

她是数学老师，曾是我哥哥那一届学生的班主任，那时她还不到五十岁。我入学那一年，她是数学教研组组长。

王鸣岐老师身材瘦小，身高才一米五九，圆脸，头发已黑白各半，仍是单身。总而言之，单从样貌来论，绝对普通得不能再普通。在哈尔滨市，她也没什么亲人，这使她视学生为儿女。据说，除了学生，再就没什么别人到过她的家里。

她家离学校不远，十几分钟的路。她腿不好，走得慢，所以租住在虽然房子不怎么好，却离学校近的地方。

我哥哥是她的学生时，常在她家完成作业，每每也在她家吃饭。我对王鸣岐老师几年前就熟悉了，因为那时她常到我家去家访，并与我母亲建立了良好的关系。

有时，比如年节之前，她从我哥哥的情绪估计到了我母亲又因"钱"字而愁，每次会让我哥哥带回家五元钱或十元钱，常解了我家的燃眉之急。我母亲在支持我哥哥考大学这件事上由犹豫到不再动摇，主要是受到了她的影响。我父亲也是认识她的，并因此对她颇有意见。连我三弟和四弟，对她也很熟悉。可以这么说，她像是我家的一位亲人，与我哥哥的关系既是师生，也情同母子。

与她关系深厚的学生不仅有我哥哥，还有几名学生也是她的爱生。

他们与她的关系好到什么程度呢？我下乡以后，他们居然成功地为她介绍了一名老伴韩老师。韩老师在另一所中学教数学。不仅如此，一名学生将自己是小学生的侄子过继给了他俩，使他俩有了儿子，过上了一段较幸福的晚年生活。

以上是后话，也可算是当年师生关系之一段佳话，故记之。

二十九中的校领导和老师们，全都对王鸣岐老师特别尊敬。不仅因为她年长，教龄长，爱学生，还因为她与众不同的身世——她是被生母所弃的小女孩。也有另一种说法是她的父母很可能死于日寇侵华时期的战乱。而她被一位早年间的火柴厂的女工捡到了，那女工为了抚养她供她上学，自己也终生未嫁。哈尔滨解放前，她就是教师了，先教小学，因为教得好而成了中学老师。解放后她曾以各种方式寻找过亲生父母，却毫无线索。她对她的养母特有孝心，我成为二十九中的学生那一年，她仍与她的养母相依为命地住在一起。

关于她的身世，我是听我母亲讲的，我母亲是听我哥哥讲的，我哥哥是听她自己讲的。依我想来，她的几名爱生对她的格外敬爱，必然也包含着对自己老师的同情。

我在还不是二十九中学生的时候就去过她家了——在一个居民较多的大院里，她与她的养母住在两间低矮的屋子里。外屋是厨房，有单人床，她养母睡外屋。她睡里屋的单人床。里屋因为有供她批改学生作业的写字桌和书架，余地并不比外屋大多少。我去她家每次都是由于家里有什么需我哥哥做的事，受母亲之命去找我哥哥。几乎每次都如我母亲所料，我哥哥果然在她家写作业，或替自己的老师干什么活。

虽然，二十九中的新生们没谁知道她那值得同情的身世，但普遍也对她很尊敬，少有学生见了她而不敬礼不问好的。这不仅因为校领导和老师们都很尊敬她，也不仅因为她讲课讲得好有口碑，还因为她面容的慈祥。不管哪一名学生，只要谁的目光望向她了，她脸上都会浮现出慈祥的笑容，眼中都会流露出不由自主的爱意来，使看到她的学生也会不由自主地问好。

那一刻，她的样子像极了某些外国电影中和蔼可亲的修道院"院长嬷嬷"。

我在上学或放学的路上如果遇到了她，自然会挽着她走。那不但会引起别的同学的猜测,还会引起羡慕呢!确乎，有的同学曾以为我和我母亲同在一所中学。

我的班主任老师

我的班主任老师姓孙。

孙老师教我们那一年才二十三岁，刚结婚不久。

孙老师也是小个子女性，有一双人们所说的"明亮的大眼睛"，这使她的脸五官分明，总是显得精精神神、朝气蓬勃的。或也可以说，她有一张漂亮的脸。她爱笑，笑起来就不怎么像中学老师了，更像邻家一位性格开朗的长姐了，实际上她的性格也特开朗。

她是农民的女儿，父亲是农民，母亲是普通农妇。或按当年的说法——父母都是"人民公社社员"，都不识字。

孙老师毕业于牡丹江师范学院，而这一所学院在黑龙江省师范类院校中排名仅在"哈师大"之后——我的老师从农村考上了，并且成为该校她那一届学生中"品学兼优"的学生，足以证明她的聪慧。否则，是难以分配到哈尔滨市当中学老师的。

她的丈夫原是哈市某一体育项目的运动员，后来成为五十七中的体育老师，既有着运动员的健美身材，又有一张明星脸，属于美男子。

她成为我们的班主任老师时，尚未做母亲，住在她丈夫李老师分到的两间楼房中。那楼房临马路，原本一层，左是商店，右是医院。因太老旧了，拆除后盖成了两层，但一层仍是商店和医院。那里离市中心甚近，用今天的说法，属于"黄金地段"。她将父母从农村接到了哈市，与她和丈夫同住。李老师对岳父母很好。

孙老师也教数学，讲课能力也特强，很被学生肯定。她能将数学课讲得引人入胜，格外生动。

孙老师和王鸣岐老师，一位是我的班主任，一位曾是我哥哥的班主任，一位是教师新秀，一位是资深教师，而且都教数学，同在一间教研室，关系也处得极为良好。孙老师成为我的班主任不久，便到我家进行过家访。

老师家访时，学生都会回避，我也那样。在我家外屋，我偷听到了她与我母亲的对话。

我母亲说："我这当妈的知道，梁绍生的学习肯定不如他哥好，让老师费心了。"

孙老师说："他也有他的优点。"

"是吗？他除了爱做家务，我还真不知道他另外有什么优点。"我听出我母亲挺诧异。

孙老师说："有时候，他说话挺幽默的。"

由于我喜欢看书，往往便会说出一些"挺文学"的话来，有时只不过是说了文学书籍中的话，那是一名中学生"掉书袋"的表现，目的当然是炫耀自己比同学们看的书多。但我的同学们并不反感我那种表现，相反，都挺喜欢听我说那样的话。而我为了使同学们和我在一起时愉快指数高点儿，也常讲些从书中看到的有趣的情节和近于相声的对话给他们听。

听到老师"表扬"我幽默，我先是很开心，随之好心情又低落了。因为那一表扬，也等于间接附和了我母亲的话。

我听到我母亲叹了口气，语调幽幽地说："谢谢老师还夸他，可那又算是什么优点呢？"

孙老师说："也算优点，还是可爱的优点。他太偏科，语文成绩不错，我教的代数他也挺爱学。就是物理、化学、俄语这三科的成绩有些让我担心。这三科也是主科啊，不感兴趣也要学好啊，起码考试应在八十分以上啊……"

我没再偷听下去，悄悄溜出了家门。

从那一天起，在物理、化学、俄语三门课的课堂上，我再也不偷看小人书了。

不久，我做了一件使孙老师大为惊讶的事，也令全班同学分成了两派。

孙老师请美术老师画了五幅解放军烈士的彩色图画——有黄继光、董存瑞、邱少云等。画上的黄继光，呈现出一种跃身扑向敌人碉堡枪眼的英勇身姿——既然是奔跑过程中的一扑，那么烈士的身姿不可能不是前倾的，他的一条腿向后弯曲，正准备朝前大跨一步，小腿则完全被另一条腿挡住了。应该说，那是一幅感染力很强的好画。但我却偏对一幅好画看出了点儿"问题"——我觉得，无论如何，他的小腿不应完全被挡住，而应露出鞋子和一小截裤腿。我那么想想也没什么，偏偏还自作主张地进行补画——趁课间教室没人的那会儿工夫，用蜡笔添上了鞋子和一截裤腿。我的绘画水平不怎么样，画得又急，蜡笔与水彩的颜色不一致，总之我将一幅好画破坏了。

那事儿很快就被同学们发现，于是形成了一个"事件"，并且导致同学们之间发生争论。一派的观点认为，我的行为性质恶劣，起码是对烈士怀有不敬的表现。另一派则替我分辩，相信我肯定没有那种不良心理，动机是好的，只不过做法不对。

我们的美术老师也出现在我们班了，站在那幅画前看了一会儿，之后说自己是用放大尺严格按照比例从画刊上临摹下来的。

他将我召到身边，指着画说："画家画人物是有角度的，以这位烈士的侧前方为视角。看一幅画也是有角度的，你站在正面看是一种印象，而你如果也站在与画家一样的侧前方看，那就能明白自己的做法多此一举了。"

我换了一个角度看了看，意识到自己的做法确实多此一举。

美术老师没再说什么，也没对同学们的分歧表达个人态度。

他刚一走，孙老师出现了——接下来正是她要上的代数课。她看了看画，看了看我，皱起眉正想说什么，上课铃响了。

她从没那么严肃地上过一堂课，四十五分钟里没朝我看一眼。同学们受到她的影响，都比以往坐得端正了，教室里的气氛异常严肃，仿佛不是一堂代数课，而是一堂"战备课"。

下课后，孙老师让同学们全都离开教室，只许我一名同学留下。

她板着脸说："到我跟前来。"

我低着头走到她跟前，主动说："老师，我错了。"

她说："意识到自己错了固然好。但你得明白，事情到了这种地步，我是必须向学校汇报的。"

我暗想这下可闯了大祸了，只得硬着头皮说："明白。"

有同学告诉我，校领导让孙老师决定怎么处理。

孙老师首先教我应该如何向美术老师认错，她说："美术老师是业余时间为咱们班画那一组画的，画了十几天才全部完成。一个人对于别人的劳动成果，缺乏起码的尊重态度是不好的。如果你认为哪里应该添几笔，正确的做法是首先向美术老师提出来，而不是擅自动笔，对不对？"

孙老师对我的教诲起了作用。我向美术老师认错了，美术老师原谅了我，还说会再为我们班补画一幅。

孙老师又给我机会，让我向全班同学做检讨。我也诚心诚意地那么做了。

我做完检讨，孙老师竟表扬了我几句，肯定了我的检讨态度。

她说："在人的一生中，许多事都有一个学习的过程——做了错事就坦率承认错误，这一点也是要学习的，希望同学们都记住。事情到此为止，谁都不要再抓住不放了。"

通过那件事，我感受到了孙老师对我的爱护。

我想自己也只能以再好一些的学习成绩来回报她的爱护。我更加努力学习了。

难忘的一天傍晚

我的学习成绩进步很快。

快到期末了，我自信满满，迎接考试的心情都有几分迫不及待了。

一天，上最后一节历史课时，孙老师出现在教室门口，向我招手。

那时天已黑了。北方的冬季，天黑得特别早——外边正下着第一场雪。不是雪花铺地那种雪，而是一场雨夹雪。雪中夹雨，似雨非雨。飘在空中时，看去像雪花，却不那么白，颜色类似于浸水的绵白糖。一落到地面，转眼就化了。也不是直接化成了水，而是化成了遍地湿雪。

孙老师在走廊里对我小声说：“有一件与你有关的事，老师现在就得告诉你一下，你千万不要害怕……”

我立刻就害怕起来，声音抖抖地问：“我妈妈病了吗？"

她说："不是……是一件你妈妈现在也料想不到的事……你哥哥，他从唐山铁道学院回来了，他找不到家了，却能找到中学母校来，你得负责将他带回家去……"

我困惑地说："我不明白……"

她说："不是我几句话能说清楚的，你肯定不太容易接受。但是老师希望你表现得足够理智……"

那时我和老师已经走到了数学教研室门外。

老师又问我："能做到像个小小的男子汉那样吗？"

我懵里懵懂地点头。

她将双手放在我肩上，轻轻推着我进入了教研室。

数学老师们几乎全在，包括王鸣岐老师。我哥哥穿件蓝布的大棉袄，坐在王鸣岐老师旁边，王鸣岐老师握着他一只手。两个陌生男人站在暖气那儿取暖，他俩的鞋子裤脚都湿了，我哥也是。我一进入教研室，两个中年的陌生男人的目光就集中在我身上。

孙老师向我介绍那两个男人，说他们是唐山铁道学院的两位老师，负责护送我哥哥回来。

教研室的气氛那时刻异常凝重，我感受到了从未经历过的气氛的压抑。

接着，两位老师中的一位吞吞吐吐地对我说：我哥哥精神失常了，究竟是什么原因造成的，没谁能给出解释。但是显然，他已经不能正常学习，所以……

面对我那样一个还满脸孩子气的初一学生，他字斟句酌，尽量不使自己的话对我造成太大的心理负担。

我明白"精神失常"四个字是什么意思。

我在听那位老师的话时，我哥哥一直对我笑——一种精神不正常的人的笑。

我的心理——如果它是一种实体的话，我觉得它已经一下子被压扁了，仿佛一块豆腐被瞬间压成了豆腐干。

我完全不记得当时自己说了什么话没有，也不记得自己是怎么离开教研室的。

当我和哥哥和两位大学老师走到楼梯口时，听到孙老师叫我。我木然地转过身，她已匆匆走到我跟前。

她小声嘱咐我："路上不管你哥哥说什么，你听着就是了。他不问你什么，你没必要接话。要挽着他走，路上滑，当心别滑倒了。如果明天不能来上课，那就别来了，我现在就批准你假了……"她一边说，一边用手绢擦我的脸。不知何时，我已流泪了。

路上的湿雪左一堆右一棱的，是被过往的各种车辆压出来的。行人不会走那些地方——而被行人反复走过的地方，那时则结冰了。我挽着哥哥小心翼翼地走在前边，跟在后边的两位大学老师也互相挽着，因为他俩中有一位戴近视眼镜。

哥哥一路喋喋不休地说个没完，净说些使我心里发怵的话。比如他问我："是不是家里失火了？三弟、四弟和小妹都烧死了，只剩你和咱妈活了下来？"

我忍不住说他："你别问我疯话。"

"我没疯！没疯的人怎么会问疯话？你将正常人的话当成疯话，证明你才疯了。"他生气了，企图甩开我的胳膊，结果摔倒了。

四十几分钟的路，我们四人走了一个多小时才走到我家。可想而知，母亲见到哥哥那种样子是多么意外，多么吃惊！

听两位大学老师你一言我一语地说明情况，母亲抱住哥哥哭了，边哭边小声说："怎么会这样，怎么会这样呢？"

而两个弟弟一个妹妹看着眼前这一幕，全都瞪大了眼睛，屏息敛气，极度不安。

我替母亲将两位大学老师送到了街口，告诉他们怎么走可以找到小饭店，又怎么走可以找到小旅馆……

接下来的事我完全记不清了。

但我至今仍清楚地记得——那天半夜我被噩梦吓醒了一次，猛地坐起来，拉亮灯，见自己睡在母亲和哥哥之间。

对面炕上，三弟、四弟和小妹都睡得很熟。他们毕竟还是小孩子，想不到事情的严重性。我扭头看哥哥，服了安眠药的哥哥也睡得很熟，还发出轻微的鼾声。再扭头看母亲，母亲仰躺着，大睁双眼呆望屋顶。

我小声说："妈，睡吧，什么都别担心，现在我就是长子了，一切有我呢。"

母亲眼角流下泪来。

母亲也小声说："关灯吧，你也要好好睡，别胡思乱想的，你明天还要上学啊。"

我关了灯，根本睡不着，却也并没胡思乱想，只不过想一个问题——我应该为家里更多地做什么？又能做什么？怎么做呢？

我成了全校出名的"旷课生"

第二天我没去上课。

因为——哥哥昨晚睡得早，安眠药效过去得早，他便醒得也早。他一醒来，又开始说些可怕的话——他说母亲不是他的母亲，我们不是他的弟弟妹妹，我们都不是真人，而是他幻觉中的人。他还是不承认自己的精神出了问题，他认为自己被特务囚禁在了一个类似家的地方，利用他的亲人们的"光影"捉弄他，并进而遥控他的大脑活动。

那是典型的理工男错乱了的神经所产生的病态臆想。

母亲只有看着他默默流泪。

母亲提醒我们千万不要说哥哥"患了精神病""精神出问题了"之类的话，尤其不要说他"疯了"，避免刺激他。

我们当然认为母亲嘱咐得对，一个个也像母亲一样，呆呆地看着他，默默听他说着那些可怕的话，全都无可奈何。

我不敢去上学，不知自己一旦走了之后，家里会发生什么意想不到的事。

第二天我也没去上学。

实际上，以后我成了全校出名的"旷课生"。

因为不论白天还是晚上，只要哥哥不是在服了安眠药睡着了的情况下，他最想做也是唯一做的事，便是离开家四处寻找遥控他的"特务"所在地。

不可能不间断地给他服安眠药，那无异于谋杀啊！

他已经是一个大人了，他要到外边去，我和母亲是阻止不了的。何况，他也得上厕所呀。而只要他一到了外边，再使他回到家里就很不容易了。即使他真是去上厕所，我都会和一个弟弟跟着他。如果他离开厕所后往大院外走，那么我就继续跟着，而弟弟赶快去叫母亲。

情况经常是这样——哥哥在前边走，我和母亲跟在后边，相距几步远，他不许我和母亲跟着他。有时他会走到很远的街区去，直至他走累了，我和母亲才能够左一右地挽着他将他带回家。哥哥离开家时，我们都怕他冻着了，所以会使他穿戴得挺保暖。而母亲则是匆匆而出，往往连头巾也没顾上戴。哈尔滨的冬季几乎每一天都在零下二十度以下，母亲每冻得脸红红的，鼻涕结成了冰挂在鼻尖上，袖着双手，眼望着哥哥的背影无可奈何地跟着哥哥走，使我心疼。

有几次，我忍不住跑到哥哥前边去，拦住他，当街大声呵斥他，指着母亲，让他看母亲冻得多么可怜。

那时，往往地，哥哥会一下子清醒片刻，仿佛意识到了什么罪过。

"行，我不往前走了，妈咱们回家吧。"

哥哥会与我一左一右地挽着母亲往回走。那时母亲和我就都会流下泪来。

最令全家人头疼的是哥哥晚上外出的时候——北方的晚上比白天还要冷。我和母亲一向同时跟随——如果母亲单独跟随我不放心，反过来母亲更不放心。

我也就能替母亲分担那么一点点压力。

一天晚上八点多时，哥哥走入了一幢老楼，执意要敲一户人家的门，我和母亲不论怎么拦都拦不住。

开门的是一位小个子男人，四十多岁，面容善良，看样子是知识分子。他惊讶地问我们找谁。

母亲只得小声向他解释，我也羞愧难当，我和母亲都想跪下请他原谅。

他见我和母亲冻得够呛，竟说："没什么，谁家都会摊上不幸的事，快进来暖和暖和吧！"

他是黑龙江省的作家林予，当年已经创作了几部电影剧本。他的长篇小说《雁飞塞北》是全国第一部反映北大荒军垦生活的作品——那一年他从北大荒调到省作协不久，还没与妻子赵润华生活在一起。

他诚心诚意地将我们请进了他的家。他似乎也刚住进那个一屋一厨的家——屋里不算整洁，到处堆放着书，但非常暖和，火墙炉的炉盖上烤着馒头和土豆。

说也奇怪，哥哥一进了他的家，看到那么多书眼睛发亮起来。知道了主人是林予之后，不找特务了，和林予谈起文学来，说自己读过《雁飞塞北》，很喜欢。

　　林予是个话不多的人，听别人说喜欢他的书他会像孩子似的不好意思。

　　他在一部《雁飞塞北》上签了名送给我哥哥。

　　我哥哥那时又清醒了，也意识到了深夜滋扰别人多么不对，便主动提出离开了。

　　林予在门口叫了我母亲一声"大嫂"，我在门外听到他对我母亲说："百姓人家供出一名大学生不容易，这我十分清楚，可惜呀。你们轻易不要往精神病院送他，住过两次院，再好起来就不容易了。"

　　林予是我见到的第一位作家。

　　几年后我下乡了，成为黑龙江生产建设兵团的一名知青——有次探家的日子，我陪一名知青朋友去拜访他。我提起当年之事，他回忆了一会儿才想起来。

　　他问："那个男孩是你吗？"

我说："已经不小了，初一了。"

他说："那也还是小孩子嘛。那天晚上，我的注意力全在你哥和你妈身上了，都没跟你说句话……你哥的病好了吗？"

我摇头。

他苦笑道："你哥还真给我找了点儿麻烦，他给公安局写信，揭发我是特务，我也真受到了审查。我看过那封信，他的字写得不错。"

我也只有苦笑。

后来林予不但成了我的忘年交，也成了我们全家的朋友，既是影响我走上文学创作道路的人，也是我们全家的恩人之一。

那一学期的期末考试结束后，我的总成绩从第九名一下子退步到四十名以后——全班才四十五名学生。

我不想继续上学了。

班主任孙老师到我家来过一次，同情地对我说："无论如何，还是要争取读到初中毕业。如果初中都没毕业，岂不是更难找到工作了？"

我母亲也对我说："这一时期辛苦你了，以后妈会坚强起来，尽量少让家里的事拖你后腿，但你可要听你老师的话，就当是为妈上学，那也要将初中上完。"

我向母亲和孙老师做了保证。

不旷课是根本不可能的，由于哥哥的拖累，我每夜都睡得很晚，即使没有"外出"任务，哥哥也常会自言自语到后半夜，使我睡不着。两个弟弟一个妹妹睡在对面炕上，受到的影响相对小些。母亲也不得不服安眠药了。否则，用她自己的话说，第二天就"拿不成个儿"了。但母亲绝对不许我也服安眠药，怕我对药形成依赖，她让我用棉团堵耳朵。安眠药是哥哥的老师留下的，不是随便就能从任何医院开到的。如果连我也服起安眠药来，很快就会服用完的。

棉团堵耳朵对我的入睡无济于事，早上我常常醒不了。

孙老师将我的座位调到了第一排离教室门最近的位

置——不论我几点到校，都不必再敲教室的门，直接推门入座就行。

每个月我至少有三分之一的日子不能上学。

我是二十九中有史以来旷课次数最多的学生，也是例外不受警告的学生。

同学刘树起

但我在班里还是有了朋友。

我的第一位朋友是刘树起——我俩同岁，我比他大两个月。

他家离学校比我家还远，是全班家离学校最远的同学。从他家到我家二十几分钟，从我家到学校半小时左右。我家那条街差不多是他上学的必经之路。他每天上学都到我家找我。与他结伴上学放学，是我对中学时代很愉快的回忆。

我哥哥生病后，我曾对他说："你看我现在的情况，上学成了三天打鱼、两天晒网的事了，你以后别找我了吧。"

他却说："你家的情况，老师和同学们都了解，也没谁因为你旷课歧视你呀。咱俩这样约定可以不？——我找不找你，是我的自由。我出现在你家门外了，你能不能去上学，由你决定嘛。如果你摇头，我转身就走还不行吗？"

我只得说："那行。"

在当年的我看来，树起是一个幸运的朋友——他居然有四个姐！并且还有一个弟弟一个妹妹。他的弟弟和我三弟同龄，妹妹和我四弟同龄。那时，他大姐二姐已经结婚了，大姐和大姐夫都在市体委工作。他二姐和二姐夫都是铁路员工，二姐还是18次列车的播音员。18次列车是哈尔滨至北京的特快列车，也是从哈尔滨开出的各方面服务最好的一次列车。以一般百姓人家对工作的希望而言，他大姐和二姐以及两个姐夫的工作差不多都属于优等工作。我自然也多次去过树起家，在我记忆中，似乎从没见过他的三姐，而他的四姐当年在读铁路技校，毕业后肯定也会在铁路单位上班。

树起的父亲比我父亲年长，也是早年间"闯关东"来到东北，辗转落户到哈尔滨的。他母亲也比我母亲年长，与他父亲同是山东人。由于儿女多，她母亲从没上过班。

树起既是我的朋友，我母亲自然不拿他当外人。如果他是来找我玩的，我母亲则喜欢与他聊家常。他家的情况，反倒不是我听树起说的，而是我母亲与他聊时我从旁听到的。

树起的父亲是拉平板车的，和我父亲一样也是靠力气挣钱的。但他父亲不是个体劳动者，而是人力车运输队的体力劳动者。在从前的年代，几乎没有个体劳动者。

我和树起互称对方的母亲为"大娘"。

我母亲从没见过树起的父母，却对树起的父母由衷敬佩。

我母亲曾对我说："树起的父母多了不起呀，人家使四个女儿都那么有出息，这一比我做母亲做得太失败了，人家是怎么做到的呢？"

母亲那么说时，一脸的挫败感。

即使我母亲没那么说过，我对树起的父母也是很尊敬的——与我关系最亲密的同学的父母，我当然会很尊敬，却一向并没觉得树起的父母了不起过。那日听了母亲的话以后，细想想，也觉得树起的父母了不起了。

然而我不愿母亲心有自责。

当时我说："妈，哥哥病了并不是你的错。"

母亲问："那是谁的错呢？难道是你父亲的错不成？你父亲是写信批评过他，可你父亲也有你父亲的压力啊！"

我说："我也不认为是我父亲的过错。是贫穷将我哥哥压垮了，就是这么回事，咱们全家面对现实就是了。"

母亲说："这现实好难面对啊！归根到底是妈的错。以咱家的实际生活情况，根本供不起一名大学生，妈要是能早点儿面对现实就好了。"

母亲陷入了深深的自责之中，那不是我一个初一的孩子所能劝解成功的。

幸亏刘树起每天都找我去上学，否则我旷课的次数还要多。

情况常常是这样——我又不想去上学了，而树起对我说："我觉得你哥今天的表现还行，估计不会再闹什么事儿了，放心去上学吧，走吧走吧。"

有时我差不多是被他扯着离开家门的。

与我后来的家相比，树起的家可以用"太不像个家样"来形容，除了朝阳这一点，从外观看，还不如我原先那个家，有点儿类似朝阳的土窝——由于下陷，房顶矮得似乎纵跃可上，幸亏那儿地势高，雨天不至于往屋里灌水。而屋子里边虽小，却也收拾得整整齐齐，干干净净。

树起性格快乐，我从没听他对于自己住在那样的家里说过一句不开心的话。有时我成心与他聊关于家的话题，想要知道他心里关于家的真实想法。而他似乎对这一话题没什么话可说，经常答非所问。起初我以为他成心回避，后来意识到我错了，他真的是那种能够开心地活在当下、天生乐观的大男孩。

有次我俩放学回家，路见一户人家在往独门独院的新家搬东西——那是一幢漂亮的俄式房子。

我问他："那房子那院子好不好？"

"当然好啦！"

他似乎觉得我问得奇怪。

我又问："羡慕不？"

"那还用问？不羡慕不成傻子了？哎，你看天上，太阳还没落呢，月亮已经出来了！知道老话怎么说吗？这叫日月对脸儿！……"他的话题立刻转移了。

我将他乐观的性格，归结为他有四个有出息的姐姐，而我只有一个哥哥，还是个精神失常的哥哥！

与树起在一起，我不禁地有时会忧伤起来，但更多的时候会受到他快乐性格的影响，暂时忘记家事的烦愁。

树起的幸运还在于，因为有四个姐姐，便没什么家事轮到他操心。像维修房屋这种属于大人的活儿，他父亲利用星期日休息时就断断续续干完了，他往往只不过做帮手。不多的家务，他母亲一人就几乎全部承担了，这使他可以全心全意地学习。他聪明，成绩排名一向在十名以内，有时会名列四五。但他对我这名经常旷课的同学，却一向发自内心地挚诚相待，关爱特深。

常常是，他哪位姐姐和姐夫回家探望他父母，带了什么好吃的东西，比如点心、水果、奶糖、香肠之类，他总是不忘使我也能分享到。有次在上学的路上，他又从兜里掏出用纸包着的什么东西给我。我打开一看，是两片贴饼子。

我说："你还真怕我饿着呀？"

他说："夹了虾酱的。"

树起的性格也有很偏的一面。只要他认为正确在自己这边，往往会为了坚持正确而与人"杠"到底，对我也不例外。有次在放学的路上，我俩因为"可恶"之"恶"的正确发音争了起来，一直争到我们那条街的街口。回到家里我一查字典，原来不读"è"而读"wù"，果然我错他对。第二天他找我上学时，我向他认错，他高兴地大叫："哈！哈！昨天跟我死辇，现在脸红不？实话告诉你，我根本没忘那事儿，书包里带了字典！没想到你主动认错了，那我省事儿了，不必翻字典给你看了！"

他得意了一阵，忽然想起什么事，又掏出用纸包着的一块蒸倭瓜给我。

两名男生之间的友谊，实在也不必靠多么不寻常的事来巩固，无非就是经常一块儿上学，一块儿放学，一路不停地说这说那。日复一日，月复一月，从冬到夏，从夏到冬，自然而然地就感情加深，亲如兄弟了。

我至今难忘的，无非这么一件事——初二寒假的一天，树起来到我家找我，说他二姐分到了一张票，可买二百斤地瓜。如果我愿意和他一起用他爸的手推车拉回来，那么就分一半给我家。我母亲高兴地说是好事，当即就要给他钱。他坚决不肯收钱，说他母亲嘱咐了，绝对不许收钱，我出力就行了。

下午我就和树起去往哈尔滨火车站了。

那天冷得"嘎嘎的"。

我俩都想早点儿将地瓜拉回来。如果改日再去，好的大的就被别人挑光了，只剩下不好的了。

　　从我家到火车站是不近的一段路。去时因为替换着拉车，没觉得有多冷。但排队买地瓜时，我俩的鞋都冻透了，脚都冻僵了。正如树起所料，如果我俩不是当天就去，那么买到的只能是些残断的地瓜了。

　　一个多小时后，我俩终于拉上地瓜往回走了。可没走多远，不知怎么回事，一只轮胎没气了。那就不敢硬拉着车往前走了，怕压坏了轮辋，树起的父亲第二天没法上班。

　　于是由我看着车，树起到处去找修车的地方。天寒地冻的一天，哪儿那么容易找到修车的地方呢？

　　半个多小时后树起跑回来，气喘吁吁地说终于找到了，只能将地瓜卸下来，再由我看着，而他拉着车去修。

　　他这一去时间可久了，大约一个小时才回来。他说是气门芯坏了，换了个气门芯。可他身上也没钱呀，只得将棉手套押在那儿了。

我身上也没钱。当年的中学生，特别是男生，身上没有一分钱不足为怪。

我俩再次将地瓜装上车后，他的双手都冻肿了。

为了使他双手暖起来，我将自己的棉手套给了他。谁戴手套谁拉车，车把是铁的，以不戴手套的双手来握立刻会被冻住——他是将双手缩在袖子里，用手臂压住车把才将空车拉回来的。

他显然也冻得受不了啦，拉起二百斤地瓜就小跑起来，而我没了手套，只能跟在一旁。

树起没跑多一会儿就累得没劲儿了。我又戴起手套拉起了车。

到我家后，卸下一半地瓜，我母亲说什么也不许树起立刻就走，匆忙热了两碗玉米粥，命我陪他喝下去。我俩喝完粥，身上顿时暖和了，树起说路不远了，他自己就可以将剩下的地瓜拉回家了。

我母亲说："那怎么行？万一路上再出什么意外呢？"

别说母亲不放心了，我也不放心啊！

于是我拉起车就往树起家走。当年我家的粮还是不够吃，一百斤地瓜顶不少粮食呀！何况，地瓜比之于粗粮，好吃程度如同点心。我心里高兴，身上暖和了，也来劲儿了，非但没让树起替换我，还让他坐在车上。

那时，天快黑了。树起高兴得在车上唱歌。

我第一次听到树起唱歌。

到了树起家里，天彻底黑下来了，他家要吃晚饭了，他爸妈执意留我吃晚饭，树起更是守在门口不许我走。我只得脱鞋上炕在他家吃晚饭。

如今，我和树起都是七十余岁的人了，我还真就只听他唱过一次歌——在五十多年前，也可以说在半个多世纪前那个晚上……

同学徐彦

在我们全班同学中，徐彦家离市里最近。

他家的生活条件也是全班最好的——他爸妈和他妹妹住在一幢俄式砖房里，门前有木板台阶，还有小院。小院里有一株老丁香，春季开花时，满院香气。

他有一个哥哥，他与他哥曾同住在大院内的另一处里外两间的房子里。我与他成为朋友时，他哥哥参军了，成了一名海军战士，他就自己住那处房子了。

他父亲是哈尔滨市立一院的药剂科科长。市立一院当年是哈尔滨最著名的医院。他母亲是市立一院的护士长，常年患有心脏病，提前退休了。

像他那样有条件独自住里外两间屋（虽然加起来不过二十几平方米）的同学，估计全校就他一个。如果以学校为中心的话，他的家与我的家方向恰恰相反。

因为我初一下学期就成了特许的"旷课生"，我后来与班里的男同学来往甚少，一段时间内都没太注意到班里有他那样一名男同学。

是树起使我俩成为朋友的。在上学的路上，树起对我说："你得多交朋友。"

我问："为什么？"

树起说："好几个同学都挺愿意与你交朋友的，大家喜欢你有时候的幽默劲儿。"

我说："我现在也幽默不起来了呀。"

他说："这不能成为你不与大家来往的理由。今天，你起码先与徐彦主动表示一下愿望行不？"

我又问："为什么？"

他说："因为我俩已经是朋友了。"

我继续问："你的朋友就一定得是我的朋友吗？"

他说："那当然！先使你和徐彦成为朋友，以后再使你和另外几个同学成为朋友，这是我的使命。"

我成心气他："徐彦哪点儿好？你非要让我也和他成为朋友？"

他真有些生气了，像又要与我展开争论似的对我说："他善良，这还不够吗？看一个人好不好，首先要看他善良不善良，善良的人与善良的人交朋友，就能形成善良的人们的大团结，这一点，你都不明白吗？你看的书比我多，白看了吗？"

树起倒退着走在我前边，激动地挥舞着手臂，仿佛我要是不给个令他满意的说法，他就会站住与我一直争论下去。

我只得表示同意。

树起为了说明徐彦是善良的，边走边向我讲了这样一件事——有天放学后他跟徐彦到徐彦家去玩，路过一个修鞋摊，在那儿修起鞋来。等他要从徐彦家离开时，徐彦给了他一盒凡士林油，让他路过修鞋摊时送给修鞋的老大爷。原来，老大爷修鞋时，徐彦注意到老大爷的双手由于冻疮裂了几道口子。徐彦说凡士林油不容易买到，老大爷用完后，手上的口子兴许就愈合了……

上课前，在校园里，在单杠那儿，我和树起见到了徐彦。

树起将我推到徐彦跟前，郑重地说："你俩握个手，我的使命就完成了。"

我主动伸出了手。

徐彦笑着说："搞得像大人似的！"但他却与我握了下手。之后，他将我拽到一边，小声问我："知道我为什么非想与你交朋友吗？"

我摇头。

他以更小的声音说："我妹妹也患了精神病，才小学四年级，不靠'冬眠灵'[1]就睡不成觉。"

我愕住。

他又说："我对哪个同学都没说过，包括树起。又不是什么好事，没必要与别人说。咱俩以后可以互相交流经验。哥哥也罢，妹妹也罢，得了那种病谁心里都不好受，日常怎么对待是需要经验的。再说'冬眠灵'也

---

[1] 冬眠灵：一种用于抗精神失常的药物。——编者注

不是随便就能买到的药，得靠证明买，而且一次才能买到六片，只够服两次。我要介绍你见见我父亲，那样你家以后为你哥开'冬眠灵'就方便多了。"

他的话使我很感动。

后来我也到徐彦家去玩过——在他住的屋里有药橱，里边摆着各种常用药。他说既是为自己家准备的，也是为邻居们准备的。他说他父亲认为，自己在医院工作，替邻居们着想是应该的。

我也带我母亲去过徐彦家，受到了徐彦父母真诚的接待。再后来，给我哥哥买"冬眠灵"对我家就不是件难事了。通过徐彦父亲的关系，一次可以开出一瓶了。

在我的中学时期，我去过多名男生的家里，见过多名男生的父母。他们成了我的朋友后，不嫌我的哥哥是精神病患者，也常到我家选书看。尽管我们之间的关系很亲密，我们的父母却从没见过。

我母亲也没去过离我家最近的树起的家，但我的母亲多次去过徐彦家。也许，因为都有患了同一种病的儿女，共同话语较多吧。

夏季的一天晚上，我母亲又去徐彦家了，八点半以后还没回来，而外边下着细雨。要不要去徐彦家将母亲接回来呢？去吧，怕母亲已经离开徐彦家了，我和母亲没遇到，白去一次。正犹豫呢，徐彦将我母亲送到家门口了——我母亲不知穿着他家谁的雨衣，而他撑着伞。

我将母亲扶进家门，也让徐彦进来坐会儿，等雨停了再走。

他说："不了，太晚了，这雨一时半会儿停不了。我和大娘坐了三站车，大娘基本没淋着，但路上到处是水，天黑又看不清，大娘的鞋肯定进水了，你一定要服侍大娘临睡前用热水泡泡脚。家里有姜的话，最好放几片姜，去去寒。"他在门外说完，转身就走。

我在门内喊着问："不把雨衣带回去了？"

他头也没回，边走边说："先放你家吧，哪天我来时再带回去。"

徐彦曾对我说："精神病往往是缠住人一辈子的病。

如果我父母不在了，我和我哥就要负起照顾我妹妹的责任。那时，谁能力大谁得多承担些责任，你也得有这种长期的思想准备。"

正是受徐彦那番话的影响，几年之后，我在全班第一批报名下乡了。我当年的想法是——我在北大荒有了单独的住处以后，将哥哥也接到北大荒去，由我赡养，将母亲从压力中解脱出来。在北大荒的广阔天地之中，也许哥哥的病会逐渐好起来。

徐彦因为哥哥参军了，实际上成了家中独子，得以留在城市分配了工作。

记得他和同学们在列车站送我时，郑重地对我说："逢年过节，我一定经常到你家去看望大娘。也不止是逢年过节了，平时我也会常到你家去的。"

在我下乡后以及上大学的十年里，徐彦那么做到了。我下乡的第二年，树起也到饶河插队去了。徐彦到我家探望过我母亲后，往往也会再去树起家。

他也是与我已有半个多世纪友谊的一位朋友——

不，现在是老友了。

故我常想——半个多世纪前的中学同学，友谊长存，真好啊。上山下乡使我们分开过，后来我又成了北京居民，几年才见一面，每见都像中学时代那么亲，这份友谊好宝贵啊。它是生活赐给我的，那么我当感激生活！

我在北大荒时，哥哥住过两次院，都是在徐彦的父亲的帮助之下，才住进去的。

故我也常想——我们两家，实在是不同的两户人家。我的母亲与徐彦的父母，实在是不同的家长，何以竟处出了感情呢？由于两家都有同样的病人吗？肯定有这方面的原因。但我和徐彦这两名中学生当年成了朋友，是否也是原因之一呢？

这么一想，现在之我，对自己的成长经历的回忆，也就不仅只有忧愁，还有暖意了。

同学杨志松

　　我与志松之间的友谊，到了初二的下学期才开始，也因为他和树起先成了朋友。与性格内向的我和徐彦比起来，快乐指数甚高的树起，那时几乎与全班男生都成为朋友了。

　　志松家离学校很近，十来分钟就可以走到。学校所在的街道处于高地，志松家所在的街道处于坡地，一条纵向的沙土路将处在坡地的几条横街竖切开来，志松家在其中一条街道的十字路口那儿。

　　从街道上是看不到志松家的房子的，临街的一排房子挡住了他家的房子。从两排临街房子的山墙的间隔穿过，才能去到他家，那间隔刚好能使手推车出入。

　　穿过之后，另有"洞天"——首先会看到一面三四米高的土壁，壁面陡直，铲得很平，黄泥土质。在土壁之上，可见前街人家的屋顶及用树枝围成的小后院。那土壁的高度，便是前后两街的坡度落差。在土壁下，有几条垄，春夏秋三季生长着各类蔬菜。

这时你如果不转身，还是不会看到志松的家在哪儿。那么，请转身吧——喏，那就是志松的家。一排很矮的泥房，一面坡形的稻草房顶多年没换了。中间是厨房，左右两间各是住屋，都有火炕。在泥房前有块沙土平地，堆放着杂物。

当年志松一家六口住在那里，他的父母和妹妹住一间屋，他和两个哥哥住一间屋。

这时你会非常奇怪，觉得那哪像一座省会城市的人家呢？分明是农村人家嘛，而且更像是一户环境特别的农村人家啊！

当年，在哈尔滨市，在志松、树起和我那类以普通劳动者人家为主要居住群体的街区，那样一些像是农村人家的房子很多。

当年志松的大哥已经到了结婚年龄了，因为另外没有房子可以结婚，成了晚婚青年。志松的二哥在读技校。

志松有一个姐是哈五中的优秀数学教师，已结婚了，住在别处。用今天的话说，他很低调，从来不主动谈他姐。在从前，谁家出了一位中学教师，差不多等于出了一位相当高级的知识分子，是挺能满足一下虚荣心的事。志松似乎毫无虚荣心，知道他姐是优秀教师的同学问起他姐，他往往三言两语将话岔开。

志松的父亲和树起的父亲一样是拉平板车的人力运输工，那一年快六十岁了，在我们几名处得好的同学的父亲中是岁数最大的。

而志松，则是我们几名同学中已有能力为家里挣钱的了。在全班乃至在全校，那样的学生可能只有他一个。

大多数的星期日，他或者与大哥或者与二哥，会接替他父亲出车，也就是出工——当然，兄弟二人定会比老父亲运的次数多，挣得也多。一到寒暑假，他差不多就等于是一名整月替父上班的中学生了。可以这么说，他既是一名初二学生，同时也是一名隐秘的体力劳动者。我想他一定是以此为荣的。在我看来，起码对于他的家庭那实在是一份光荣。我多希望自己也有那种机会啊，可那样的事对于我只能是幻想。我曾听树起讲过，初二上学期的暑假里，志松与他的一个哥哥挣到了一百多元！一百多元啊！平均下来，等于他为家里挣到了五十多元，相当于我们大多数同学的父辈一个月的工资。

听树起讲过后，我接连几天做同样的梦——梦到替家里拉车挣钱的是我自己，而与我一起出力的是志松。

那时，由于哥哥生病，家中无时无刻不需要大人。所谓"大人"，除了我母亲，自然便是我啰。母亲已经无法继续在街道工厂上班了，家里的生活费也就少了母亲以前所挣的二十来元。我父亲的工资本已少了，再一下子少了母亲所挣的二十来元，我家的生活更困难了。

从初二上学期开始，我成了一名享受助学金的同学——每学期三元钱，免交学费。

我既是特例的旷课生，又是学习成绩倒数第几名的学生，还是享受助学金的学生，这使我心理压力超大。我所能做出的也配享受助学金的表现，无非就是尽量多地参加某些班级或学校的活动。

志松却与我不同，他从不旷课，从初一到初二，连一次病假都没请过。但他聪明，学习成绩一向排在前十几名。

他几乎从不参加什么集体活动。集体活动往往定在星期日，那是他为家里挣钱的日子。

孙老师曾不点名地批评过他。

被批评了一次以后，他参加了一次全校运动会，而且跑出了年级第二的短跑成绩。

我已忘了那日我兜里怎么会有五角钱，为了向志松表示祝贺，也是为了向他小小年纪居然就能为家里挣钱的"了不起"表示敬意，我掏出钱来要买五分一支的奶油冰棍。

当时在一起的，除了志松，还有树起、徐彦以及另两名与我关系友好的同学，总共六人。他们都请我吃过冰棍，我偶尔也请他们吃一次冰棍，他们都挺高兴。

志松说："你出钱了，那我跑腿儿。"

他刚从我手中接过五角钱，又走过来两名男生。

志松小声问我："咋办？"

我说："算上他俩呗。"

于是他跑开了，不一会儿买回八支奶油冰棍。我们八个都吮着时，他悄悄还给了我一角钱。

我们吃冰棍的情形，被一名女生看到了，结果在班里传开。而且，她很郑重地向老师"揭发"了我。

一名享受助学金的同学，不但自己买冰棍吃，还请了另外七名同学的"客儿"，买的还是奶油冰棍！——在当年，这是挺严肃的事。如果老师知道了而不批评，那么老师肯定失职。

孙老师不点名地在班务会上批评了那件事。

她的话刚一说完，杨志松举手要求发言。

老师允许后，他竟站起来说请同学吃冰棍的不是我，而是他。

孙老师听罢，沉吟片刻，望着大家说："老师没了解清楚，我收回刚才的批评，向梁绍生道歉，同学们也把这件事忘了吧。"

我看出，或者说我觉得，她根本不信杨志松的话。

下课时，她将我留下了，先问我哥哥的病情怎么样，之后说："对老师的批评别太往心里去，啊？"

她的话证明我的判断没错。

我当时心情复杂，快流泪了。

我旷了两天课又去上学时，向孙老师交了一页写有几行字的纸，内容是我主动要求免去助学金待遇，只字未提为什么。

她看过后，一边将纸折起一边问："你母亲知道吗？"

我说："她同意。"我因为说谎而脸红了。

她微微皱了一下眉，又说："请同学吃了一支冰棍那事在老师这儿已经过去了，但你当老师面说谎可太不好了。如果老师相信，那会造成老师与家长之间多大的误会啊！"

她已将纸折成了一个结，替我揣入我兜里。我无地自容，转身欲走。

她叫住了我，又说："我的话还没说完呢，你虽然不能每天都来上课，那也别把课程全荒废了，在家里要自觉学习。我认为你初中毕业后应该考哈尔滨师范学校，将来做一名小学语文老师。如果你接受老师的建议，那就不要自暴自弃。还应该向你母亲保证自己一定行，给她一份慰藉。你接受我的建议吗？"

我说："接受。"眼泪禁不住流下来了。

我走时向老师行了个礼。我的助学金也没被取消。

"冰棍事件"过去以后，我与杨志松也成了朋友，似乎想不成为朋友都不可能。

有次我俩单独在一起时，我恳求地说："你再有了挣钱的机会，也把我带上吧。"

他打量着我说："你干不了那活儿，超累的，那不是咱们中学生干的活儿。"

我说："你干得了我也干得了。"

他说："我自己也干不了。我不是有我二哥带着嘛。"

我说："替我求求你哥，把我也带上。"

他为难地说："那不就等于三个人分一份钱了？我倒没什么不乐意的，但估计难过我二哥那一关。"

我便无话可说了。

他的话并没影响我俩的友好关系。细想想，他的态度我是完全可以理解的，他说的也是大实话。

那年放暑假没几天，志松到我家来了一次，告诉我过几天可以跟他去挣钱，我高兴得不知说什么好，将他送出很远。

母亲问我："你确定自己非要那么做？"

我说："妈，我多想为家里挣钱你不清楚啊？"

母亲又问："你确定自己不会给你同学和他哥哥造成麻烦？"

我说："怎么会呢，是他主动来找我的嘛！"

母亲便什么也不问了。

第二天，母亲起大早为我烙了两张饼。我带上饼和半块咸菜疙瘩、一根黄瓜，精神抖擞地走出了家门。

我和志松还有他二哥在市里一家饼干厂的院里相聚在一起，我们的活是将装了盒的饼干拉到火车站去。据说，装上列车后将出口到朝鲜民主主义人民共和国。

饼干厂离列车站不是太远，装了盒的饼干也不重，第一天的活对我和志松来说都很轻松。我已有过与刘树起用平板车拉地瓜的经验，驾稳平板车对我不是什么难事了。送了两次，志松他二哥觉得没他也行，干脆回家了。

接连三天都是运饼干，没出任何差错。只不过最后一天的半路上下起了小雨，那是意想不到的情况。车上没带罩布，我俩怕饼干盒淋湿了要负责任，赶紧都脱下上衣罩住。两名中学生的上衣哪儿罩得过来呢，只得连裤子也脱下了。两名只穿短裤的中学生拉着一平板车的东西在马路边上疾行，引起不少人关注，有的大人还朝我俩竖拇指。

第四天开始运的是肥皂了——要从肥皂厂运往各

个商店。一箱肥皂可比一盒饼干重多了，我和志松单独搬起来都很吃力。好在志松他二哥提前知道了那日会运什么，及时出现，充当"辕马"，否则我和志松只有徒唤奈何，畏难而退。肥皂厂家在道里区，那批肥皂却要运往道外区的各个商店。哈尔滨市是一座南高北低的城市，从道里到道外，上坡多，平地少，想绕坡走也不可能。志松他二哥拉车，我和志松一边一个靠带钩的绳子帮着拉。一日送三次，少一次以没完成任务论。那日，我体会到了什么叫"用尽浑身之力"，什么又叫"挣钱不容易"。回到家里，累得不想动。

母亲说："太累就别逞强了。"

我说："志松干得了，我就干得了。"

一日我回到院里，见母亲正在院里与邻家大婶说话。幸而邻居们关系良好，经常劝母亲生活要往前看。否则，依我想来，母亲非得抑郁症不可。

邻家大婶看着我对母亲说："你二儿子不是为挣钱辍学了吧？如果那样可是你当妈的不对，那不把孩子一生给毁了？"

母亲说："不是。他是与同学一块儿在假期干点儿零活儿。"

我也说自己是"勤工俭学"。

邻家大婶夸我心有正事，还转身进屋取出一双劳保手套给我。

那时我忽然觉得自己是大人了。

运了几天肥皂之后，我们又开始运酒糟——酒厂旁边有一个巨大的露天水泥池，制酒过程中排出的稀酱似的酒糟蓄满一池，冒着蒸蒸热气。比之于运肥皂，运酒糟相当麻烦——先得在车上固定好四个大铁桶，之后要站在池边用厂家提供的长柄大勺一勺勺将酒糟装满四桶，盖好木盖。出厂时手推车还要过地秤，如果重量不够，证明有的桶没装满，有偷懒之嫌，得回到池边重装。所有运酒糟的人都怕再返回池边，便都将桶装得"浮悠浮悠"的，我们也不例外。

酒糟要送往郊区的养猪场，酒厂到养猪场十二三里，每天运两次——上午一次，下午一次。四桶酒糟比一车肥皂更重，成年人一天运三次也吃不消，但回家却会早些。

我们运了五六天酒糟——衣服上沾满了酒糟，走到哪儿，会将酒糟味儿带到哪儿。我每天并不直接穿着那样一身衣服进家门，而是在门外换上一套衣服，第二天仍穿着脏衣服去干活。我顺着马路边走，不在人行道上走，避免身上的异味使别人侧目。母亲几次要替我洗，我坚决不让母亲洗，那没必要，洗起来很费事。

运酒糟的工作结束后（不，准确地说，实际上不是我和志松的工作，而是志松他老父亲的工作，我们三个只不过代替工作了十四天而已），志松他二哥请我吃了一顿饭，主食是饺子——当年肉还是要凭票买的，小饭店也不例外。我们吃的是鸡蛋西葫芦馅的饺子，那也是饺子啊！还加了虾皮儿！总而言之，鸡蛋、虾皮儿和饺子，都是平时吃不到的。

志松他二哥说："管够吃。"

我吃撑着了，饭后直打嗝。

我分到了十三元五角钱。我们三个是以绝对平均的分法来分的。我过意不去，主张志松他二哥理应多分到几元钱。

志松他二哥说："没那个必要，你是我弟的朋友嘛。"

我只得放弃主张。

志松他二哥又说："那么，到此为止，下不为例啦？"

尽管我希望以后还有机会，却又怎么好意思那么说呢？只有感激地点头。

我母亲以前上一个月的班，最多能挣到十八九元，挣到二十元的时候很少。而我一名中学生总共干了十四天的活，居然就挣到了十三元五角，使我既体会到了大人挣钱之不易，也非常非常满足。我明显地瘦了，十四天里，体重减轻了三四斤。

当我将钱交给母亲时，母亲笑了，然而眼里也有泪水了。

母亲说："体验体验也好，但一次就行了啊。钱的事儿你小孩子不必太操心，街坊四邻好，妈又有借钱的能耐，咱家的日子绝不会因为一个钱字就过不下去的。"

母亲要给我三元五角钱，允许我随便花。

我只接受了一元五角。

十三元五角，是我下乡前第一次为家里挣到的钱，毕竟为家里挣到钱了，我心稍许悦然了一个时期。

一元五角，是我下乡前拥有过的"最大"一笔钱——我带两个弟弟去洗了一次澡，买了两本小人书，也就没剩几分钱了。

被酒糟弄脏的衣服洗干净已不易，去掉那股异味更难，我费了一桶水，洗了近一个小时。

我穿那身衣服去上学，与我同桌的女生以及坐在前后两排的同学都能闻到异味。但我缄口不言志松带我去挣钱的事——那是我和志松之间的"一级机密"。我不能出卖他，即使一不谨慎说漏了嘴也会成为自己不能原谅自己的事。

后话——上山下乡甫一开始动员，志松就找到我跟我说："我老父亲快六十岁了还要整天干累活为家里挣钱，我心疼。我决定报名下乡了，你呢？"

我想了想，叹口气说："我和你的想法相同，咱俩一起下乡吧。"

"我猜就会是这样。"

他高兴地搂了我一下。

不久我俩就一起离开了我们的家，离开了城市，成了同一个连队的黑龙江生产建设兵团的知青。在我俩的知青岁月中，我们的关系亲如手足……

同学单砚文

"冰棍事件"后，班主任孙老师指示几名女同学到我家"关心"我一下，其中有单砚文。她们都是团员，那时我们班已有七八名团员了。

实际情况是，她们的到来，使我和母亲极为尴尬——我哥哥的病情那时严重了，想想吧，情形怎么能不尴尬呢？我比我母亲还觉尴尬，来的是我的女同学嘛！

然而她们关心我的表现都是极其真诚的，都未因我哥哥的疯样子和疯话而觉意外，分工在我家里做这做那。

坦率讲，我并不希望她们集体出现在我家里。但她们已经来了，表现得又是那么真诚，我也只有配合她们的主动。

我和单砚文一块儿擦窗子。

她小声说："你请同学吃奶油冰棍的事，是我向老师汇报的。"

我说："是杨志松，你怎么还认为是我？"

她说："杨志松那么做明明是为了包庇你，你当我是傻子？"

我立刻不高兴了，冷下脸问："你想咋样？"

她说："我向你道歉。那么一件小事，我不该向老师汇报。"

我愣了愣，又问："请同学吃奶油冰棍的到底是谁？"

她狡黠地一笑，话里有话地说："那就只能是杨志松了呗。"既然她那么说了，我也就没再与她掰扯。

单砚文属于那类天资聪明的学生，成绩不但在女生中一直名列前茅，在全班往往也数一数二，这使男生们都很佩服。她不偏科，语文、数学的成绩同样优秀，而且和我一样读过不少文学作品，还喜欢绘画，画得也不错，在全年级都有名气。

她是一名"假小子"性格的女生，一旦较起真来，男生也让她三分。

当年，每班都有墙报。她作文好，是我们班墙报的主编，曾要求我为墙报写稿。我因家里烦恼事多，哪儿有那份心情呢，一次也没写过。

令我没想到的是，某天墙报上有了一篇新文章，题目是《旷课生梁绍生》。那日偏偏我上学去了，一见之下，自然大怒，上前就要往下撕。她护在墙报前，求我手下留情，还说那是她写得最好的"作品"。刘树起、徐彦和杨志松都劝我别生那么大气，并都替她解释，说她并无恶意，写的都是关于我的实际情况。

我却还是难以消气，将她的书包从教室的三楼窗口扔到外边去了——我第一次在班里发那么大脾气，那件事也成了与我有关的另一"事件"。算起来，班里已经发生三起与我有关的"事件"了。

放学后孙老师将我和单砚文留下了。老师先批评了她，认为她没经我同意，就那么做了，肯定是不对的，让她向我认错。

她诚恳地请求我原谅。

老师又批评我，指出我那么粗暴地对待一名女同学也是不应该的，问我发脾气之前看过吗？

我摇头。

老师又问："一看题目就生气了？"

我点头。

老师说："这就是没有涵养嘛。一个有涵养的大人是不乱发脾气的。你们初中毕业后，不久就会被看成大人了。所以，从现在起都要学做有涵养的人，这一点也是要学的。如果你认为老师的话有道理，那么你也应该向单砚文同学认错。"

我也诚恳地请求单砚文的原谅。

老师说她已经看过那篇文章了，认为单砚文不但没有恶意，字里行间还充满了善意，目的无非是使同学们了解我经常旷课的原因，友爱地看待我。并且，目的达到了，效果是好的，比由老师来替我说明更好。

单砚文家住在我回家的半路——从小学到中学，我第一次与一名女生走在一起，却互相没话。我没话是由于羞愧，我觉得她不说话是还没原谅我。

快到她家时，她终于开口了，说的是："如果不生气了，愿意到我家认认门吗？"

我犹豫，因为羞愧的纠缠。

她又说："我家书多，肯定有你没看过的，我愿意借给你几本。"

我立刻说："愿意！"

她有一个临街的独门独院的家——小院不大，两间住屋却都不小，每间都有二十几平方米，还单独有厨房。那是挺老旧的板泥结构的俄式住房，不够理想的方面是两间屋子都不朝阳，光线暗——但那也使我内心羡慕不已，如同第一次去到冬妮娅家的保尔。

她一进家门，放下书包要进厨房。

我急忙说："你不是要借给我书吗？"

她说："书架在里屋，自己去选。"

更使我羡慕的是她家有两排大书架！我选书时，听到她在厨房大声说她父亲是什么出版社的美术编辑，而她母亲是文字编辑，在她小学四年级时病故了——她没有继母。

我在书架前愣住了。

她说不是她反对，而是她父亲自己没那种想法。

"我就对我父亲说，爸你安心工作吧，家里的事不用你操心，一切我来负责好了。"

她这么说时，她两个弟弟放学回来了，他们的年龄和我三弟四弟同龄，分别是小学六年级和四年级学生。

她扎着围裙从厨房出来，问两个弟弟为什么回来得这么晚。

他俩说到同学家玩儿去了。

她板起脸批评他俩，警告他俩以后不许这样，接着吩咐他俩一个去倒垃圾，一个去倒泔水。

"回来先洗手，洗完手就写作业！睡觉前必须把作业写完，我要检查的！"

她那么说时，我看出她流过泪。

我向她借了两本书——一本是《希腊神话故事选集》，一本是《俄罗斯散文集》。

她说那两本书都是她父亲特别珍惜的书，前一本还是1949年以前的版本，嘱咐我一定要特别爱护。

那天我回到家里，也问两个弟弟作业写完了没有？并且宣告，以后我要检查他俩完成作业的情况。

从小学到中学，单砚文是我第一个到过对方家里的女生。由于我和她的关系似乎不同了，我和我们班的团支部书记张满萍的关系也变得亲近了——她俩是女生中的好朋友。并且，刘树起和徐彦也经常跟我一块儿去单砚文家借书看了。

树起和砚文两个"杠头"，每每会因为什么话题争得面红耳赤。我记得有一次他俩争论的是"普罗米修斯"和"普罗米修士"哪一种翻译才正确。

后来，树起、徐彦、砚文和满萍，他们四个往往一同到我家来——有时是满萍要求他们三个帮她说服我参加什么班里的或校里的活动；有时没什么事，只不过就是友谊使然，到我家看看我、聊聊天。春节他们都是必定会到我家来拜年的。

他们来时，不论我哥哥的病情处于什么状况，我都不会觉得尴尬了——因为，友谊乃是我当时特别需要的啊！

如今想来，当年的我幸有那种同学间的友谊在焉，否则，我一名中学生的肩膀是担不起种种"压力山大"的家事的。

后话是——20 世纪 80 年代后，我成了北京电影制片厂的剧本编辑，砚文成了两个女儿的单亲妈妈，在哈尔滨市开了一家小饭店，开得还不错。虽然，她下乡也早，并且是在农场就当了母亲的，但甫一返城，又成了我家常客，而且成了我母亲的干女儿，我弟弟妹妹都叫她砚文姐。逢年过节，即使我没回哈市，她也会请我母亲和弟弟妹妹到她的小饭店去聚一餐。当然，树起和徐彦总是会一块儿去的。

我父母先后去世后，她将她父母的骨灰，迁葬在我父母的墓旁了。用她的话说就是："哪家儿女来看父母，不就可以同时给四位父母上坟了吗？"

　　如今，砚文已于七年前去世了，谨以虔诚文字，记下友谊之可贵。那友谊始于对文学的共同兴趣，在人世间的种种磨砺中提纯。

　　我从没动摇过地坚信"人间自有真情在"。

　　但也同时认为，前提必是"人以类聚"。

学用包脚布

我不太记得中学以前的我究竟穿过袜子没有。

我想也是穿过的吧?

比如,父母若为我们买了一双新鞋,大约总是要同时买一双袜子的。那肯定是在我和两个弟弟都很小的时候,也往往是在春节前。

但我上中学以后,似乎就没再穿过袜子了。首先因为,家里已不再有经济能力同时为五个儿女买新鞋——通常是,哥哥的鞋如果小了,母亲会修修补补给我穿。我的鞋小了,经过修补后会给两个弟弟穿。那时母亲修补鞋子的方法已挺高明,不比修鞋匠修补的水平低多少。不论单鞋棉鞋,由修鞋匠补一个五分硬币那么大的补丁,肯定也得花一角钱。

一角钱能买半斤咸菜。半斤咸菜够我们全家下两顿饭。母亲不可能不精打细算地过日子。

同时，给我们兄弟四个每人买一双新鞋，成为全家连想都不会想的事。只有妹妹隔一年会有新鞋和新袜子穿。

新袜子往往是要配着新鞋穿的。既然穿新鞋近乎成了梦想，那么穿新袜子的想法就更不切实际了。旧袜子不能再穿了，我们也不愿为难母亲，要求她非为我们买新袜子——学习用包脚布包脚，成了我先知先觉、无师自通的"能事"。

我这一名在城市长大的中学生从没见过任何人包脚，但我在小说中读到过——冬季里，那些抗联战士如果意外得到一块包脚布便会觉得是幸事。

于是我试着包自己的脚。

父亲带回的那些他捡到的劳保鞋对于两个弟弟来说太大，他们如果穿上就像卓别林了。母亲挑出了两双，一双给我穿，一双给我哥哥穿。我哥哥已很少出门，基本不穿。我穿的时候最多，那鞋对于我的脚来说也太大了，所以我总是用双层的布包脚。

我很快就教会两个弟弟包脚了。

母亲对我的"传帮带"表现很欣慰，家里的一些布片也终于可以派上用场了——衣服裤子没法再穿，褥单、窗帘没法再用，却总是还有比较结实的部分。母亲在扔掉之前，必定会将那些部分剪下，以备给我们补衣服的时候用。经年累月，补衣服用不完，攒下了不少，正可以给我和两个弟弟用来包脚。而且还不太用得完，刚用掉些，几天后母亲又会提供一些。

包脚有两个好处：一是比之于一切袜子，包脚布洗后绝不会变形，更不会大了或小了；也不必补，哪儿破了，一剪刀剪去就是。二是比袜子更保暖，脚的哪一部位容易冻伤，可以将布折厚一层重点包那一部位。

每日睡前，包脚布可以铺平了压在炕席底下，第二天用时热乎乎的。

1968 年我下乡后，因为我们那里是严寒地区，老战士和许多男知青在冬季也更愿意用包脚布包脚——那时我已无须向老战士学习怎么包脚了……

扒树皮

黑龙江省是林业大省。我家住在近郊，离我家五六里远的地方，有一处一百多工人的木材加工厂。我在《人世间》中写到主人公周秉昆曾是木材加工厂的工人，创作过程回忆起的正是那家木材加工厂。

我对它保留着较深的记忆，因为我曾在那里扒过树皮。

我为家里挣过十三元五角钱的事已成为我的"贡献史"，那样的好事不可能再有。

我还能为家里做什么实事呢？

每天除了生火做饭、收拾屋子、擦这儿擦那儿、倒炉灰倒泔水、刷锅洗碗，像个专职做家务的女孩子似的——这使我的感觉越来越不好。用今天的话说那就是，我越来越找不到作为家庭重要成员的存在感了。

我想，虽然我已不能再为家里挣到钱，但如果能在哪方面为家里省笔开销也好啊!

隔壁收废品的卢叔常收回许多旧书旧刊物,我每从他的车上挑选,有时会惊喜地挑选到修补后我和两个弟弟可以穿的旧鞋。

一日我在他的车上发现了一件我以前从没见过的铁器——像从山上取石的钢钎,不过前端不是尖的,而是铲形的,还挺锋利。

我问卢叔那是什么东西。

卢叔说是从圆木上往下铲树皮用的。他还说,有的人从木材加工厂的圆木上铲下的树皮,一个冬天都烧不完。如果铲下的是桦树皮或带松油的松树皮,可以在自由贸易市场上卖掉。不少人都想买,那是上好的引火树皮。

言者无意,听者有心。

我找了个借口,说要用铲子铲我家外屋砖地上的泥土,将铲子借走了。

卢叔嘱咐:"想着还我啊,我要留着,以后兴许也有用得着的时候。"

第二天，我又向另一户人家借到了麻袋。

铲子和麻袋都有了，我决定去木材加工厂铲树皮。这是一件需预先了解情况的事。木材加工厂并非每天都进原木，而是一个星期两次，通常是在半夜，但谁也不可能半夜去，冬季的半夜太黑了，看不清哪根原木的树皮好铲。天亮后，工人上班了，厂外人又进入不到厂里了。所以，得五六点钟去，那时天已有些微亮，值班员睡得正香，不再在厂里巡逻了，不容易被发现。

掌握了以上情况后，某日我四点多钟就起来了，悄悄离开家匆匆往木材加工厂走。天上还有不少星星呢，很冷，一路不见人影。我已预先侦察到，围住厂区的木板障子[1]有一处松动了，肯定是扒树皮的人弄松的，却又没完全弄下来，悬在那儿，为的是骗过厂里保安人员的眼睛。我从那儿钻入厂里，竟见新到的一堆原木上已

---

[1]　木板障子：北方方言，即木板围栏。——编者注

经有人影了，居然有比我来得更早的人！

那是一堆桦木。铲树皮的多是我这么大的孩子，竟有女孩，还有两三个爷爷辈的人。大家都默不作声，比赛似的铲着。那堆桦木很粗，铲子好使并且有经验的话，十几分钟就可以铲下一大片桦树皮。我的铲子很趁手，不一会儿也摸出了窍门，于是干劲儿十足。

一个小时后，所有的人都接到了暗号似的，不约而同离开了木堆，潜行而去。

我几乎铲了一麻袋树皮，估计有三十几斤。我背着树皮回到家里，家人还睡着呢。桦树皮确实易燃，我很快就生着了火，接着淘米下锅了。怕母亲发现桦树皮问三问四的，我将桦树皮藏在了煤棚。家里一向由我管火做饭，母亲很少到煤棚里去。

我怀着特大的成就感重新上炕补了一小觉。

以后的十几天内，我又去铲过几次树皮，每次的收获都不小，收获中有不少是从松树原木上铲下的碎木。松树的鱼鳞片很薄，只铲皮是不来劲儿的事。但冬季里的原木很脆，只要铲子快，从一端有窍门地撬，能逐渐撬下较大块儿的碎木来。比之于桦树皮，那种带油脂的松树碎木更经烧，火也更硬。

我最后一次铲的也是松木。那次很顺手，我也铲得特专注。别人都走了，我却浑然不知。结果我被起早的保安值班人员逮了个正着。他夺去了我的铲子和麻袋，我不得不跟他进了值班室。

"你那叫铲树皮吗？你那叫破坏原木！你怎么不带斧子来？你当这厂是你家开的吗？……"

不管他怎么训我，我都不回嘴，一个劲儿地保证再不来了，苦求他将铲子和麻袋还给我。

他说还给我也可以，但我必须写保证再不到厂里铲树皮了，而且保证书上还要加盖学校的章子。

我说正是放寒假的时候，学校没人，叫我怎么能盖上学校的章子呢？

他说那他不管，那就是我的事了。

我没哭。回家的路上，因为那个人不好说话，我在心里一次次诅咒他。

但铲子和麻袋是借的，不还我可怎么办呢？

当天上午我去到了班主任孙老师家——向她讲了我所遇到的事时，我哭了。

老师说我应该正确理解那个人的态度，他也是对我负责啊。在原木堆上铲树皮极危险，以前发生过不幸的事故。

她也要求我保证不再做那种事了。

我让她看我预先写好的保证书，她看后，给一位几天后值班的老师写了个便条，让我到了日子去学校找那位老师。

路上我看了她写的便条，中心意思是——看学生应看本质，对贫困家庭的学生尤其应该如此。她认为我在本质上是一名好学生，只不过太早就担起了没有能力完全担起的家庭责任。将学校的公章盖在我的保证书上，并不是学校的什么耻辱。

由于有孙老师写的便条，我的保证书顺利盖上了学校的公章，也顺利地要回了铲子和麻袋。

一天晚上，我背着一大半桦树皮和松树"明子"[1]去到自由市场，很快就卖掉了。

当我将三元钱交给母亲时，母亲十分惊讶，严肃地问我哪儿来的？那时我才将实情告诉了母亲。

"再也不许做那种事！如果你出了不幸叫妈还怎么活？你要明白，你已经替妈分担不少家务了，这已经使妈觉得很内疚了！家里的日子，并不是没有你挣一份钱就根本过不下去了！钱的事再也不用你操心，妈自有办法把咱家的日子过下去！你这次挣的钱妈一分都不要，全都属于你，你买书看妈也没意见！……"

母亲的表情更严厉了，态度极其坚决。

尽管我挨了顿训，心里却挺愉快。我为家里买了一条毛巾和一块香皂，又用剩下的钱买了两本书。

---

[1] 松树"明子"：是松树的油脂渗入木质之中，相互交融形成浑然一体的物质结构物质。由于明子不腐烂、不怕潮湿、易点燃，所以生活在东北的人们常用其点火。——编者注

捡煤渣

在样板戏《红灯记》中，李玉和对女儿李铁梅有一段夸奖的唱词："提篮小卖拾煤渣，担水劈柴也靠她，里里外外一把手，穷人的孩子早当家。"

我是中学生时，还没有样板戏。或虽已有了，哈尔滨一般人家的孩子是看不到的。我看到的是已拍成电影的《红灯记》——那时我已下乡了，在连队集体看的。

我一边看一边想，除了没有提篮小卖，担水劈柴之类的家务活，我差不多全包了呀。

我也捡过煤渣。

哈尔滨有多条铁道从市区穿过，有的是货车专线，几乎每天都有运煤的货车行驶于专线，所以哈尔滨的某些孩子有过捡煤渣的经历，多数是家住铁路沿线的孩子。据说有的孩子每天可以捡到足够家里一天烧火做饭所用的煤。这是因为，煤车装得都很满，俗话说"满上尖儿"了那种情形。而列车转弯时，煤块会掉下来。幸运的孩子，往往还会捡到挺大的煤块。从煤车上掉下来的必定是煤块，不会是"煤面子"。煤块是煤中的"上品"，这也是捡煤渣的孩子们一直存在的原因。

既然铲树皮的事我不能再去做了，寒假中的一天我又心生出了捡煤渣的念头。

如今想来，我之所以会隔一段时间就产生一种想为家里做什么"实事"的念头，不完全是受"家庭责任"的驱使，估计也与精力过剩有关。

中学时期的男孩子，正是精力旺盛的年龄。何况，当年的中学生压力不大，十天内就可以认认真真地将寒假作业做完。往后除了做各种家务，仍有较多的时间不知如何打发。冬季的寒冷，也使同学之间基本上不太走动。

总想为家里做点儿"实事"的念头，几乎是油然而生的一种念头。所谓"实事"则是指或者能为家里挣到几元钱，或者能为家里省下几元钱那类事。

捡煤渣也要预先摸清情况——煤车通过哪条铁道线；通过的时间规律；那条铁道线有几处转弯的地方……

摸清了以上情况，某日我又起了个大早，带上麻袋出门了。

我家不住在铁道边，等我走到可以捡到煤的地方，捡第一遍煤的孩子们已经往家走了。看着他们各自的篮子里都有亮晶晶的煤块，而两条铁轨旁的雪上有煤块落下的痕迹，我真是又羡慕又沮丧。

我意外地碰到了陈元元，他也捡到了大半篮子煤块。

他说他父亲赶着马车到外地挣钱去了，将他托付在他奶奶家了。他奶奶家住在铁道附近，他爷爷已经去世，他奶奶以前一直单独生活，很少买煤，靠捡到的煤差不多就够用了。而他心疼他奶奶每天清早跟些半大孩子一起捡煤，所以他是替他奶奶捡的。

他说以前沿着这条铁路线捡煤的孩子很少，通常几乎只有他奶奶一个人捡。不知怎么一来，捡煤的孩子多了，他奶奶是小脚，走得慢，捡不过他们了，他自己能捡到的也不如他奶奶以前捡到的多。

自从小学毕业后，我再没见到过他。他长高了，比我高出了半头。

他问我为什么要走挺远的来捡煤？

我如实向他讲了我家的情况。

他困惑地说："可捡煤也不是捡药啊。"

我说："为家里省下买煤钱，等于为我哥挣了一份买药的钱。"

我说的是实话——不断有人向母亲推荐偏方。有人是出于善意，有人却是为了骗钱，母亲上当受骗往往难免。我不忍心责备母亲，但如果能将损失的钱补回来点儿，即使是间接补回，我觉得有些事也是值得我做的。

陈元元立刻理解了我的想法，他邀请我住到他家去，说那样我就可以和他一块儿捡煤了。而且也只有那样，我的想法才能实现。

我还从没在别人家住过，犹豫。

"同意吧！我奶奶耳背，我和奶奶整天说不了几句话，闷死了。"他已经是在请求我了。

我说得经过我母亲批准。

他说那他就跟我到我家去说服我母亲。我没法拒绝了。

元元他奶奶的家是一间半老旧砖房，是他爷爷生前分到的工人宿舍。他先将我带到了他奶奶家，我在外屋墙角看到了一堆煤块，估计能装满满两麻袋。他说都是他捡到的，不敢放外边，那肯定会被偷光。可他奶奶家里屋外屋都挺冷，元元又说他奶奶烧煤很节省，白天总是将火压住，这使他很生气。

他是当着他奶奶的面那么说的。

我说："你背着你奶奶告诉我嘛！"

他说："她听不到。"

说完，他又冲他奶奶的耳朵大声问："奶奶，我这个同学晚上要住到咱家来，行不行啊？"

他奶奶点了一下头。

他又大声说："那，为了对我同学表示欢迎，以后将家里烧得暖和点儿行不行啊？"

他奶奶连连点头，并冲我笑了笑。

元元他奶奶是位面容慈祥的老奶奶，使我想起了陈大娘。

元元高兴地说："你看，你一来住，我沾光了，不会在屋里挨冻了，多好的事！"

元元是到过我家的，我母亲因为从我口中了解到他是一个缺少母爱的孩子，对他接待得格外亲热。

他对我母亲说他父亲到外地去了，他一个人住在家里晚上有点儿害怕，希望我晚上和他做伴——他的说法是我俩在路上达成的统一口径。

我母亲爽快地同意了，还让元元将我父亲带回的一件"光板"老羊皮袄捎走，说晚上可供我俩压脚。

当天晚上，我便带了一本《封神榜》住到了元元家。这本小说是我从旧书摊上买的，我已经读过一遍了，估计元元没听人讲过那些故事，是为他带去的。

元元已提前将里外屋烧得暖暖和和的。他奶奶家里屋有张大床，外屋是小火炕。他奶奶一向睡小火炕，我和元元合睡在大床上。他奶奶为了省电，里外屋装的都是瓦数很小的灯泡，在那么昏暗的光线下读小说，眼睛太吃力了。好在故事已记在我头脑中，所以基本上没翻书，只不过是在讲。讲到记忆不清的地方，才不得不翻一下书。

临睡前，元元说："这样的日子好幸福啊。"

我分享着他的幸福，自己也觉得有几分幸福了。

第二天，天刚有点儿亮的时候，我俩就出门去捡煤——他仍提着篮子，我仍拎着麻袋，各走铁轨一旁。元元话不多，我不找话跟他说，他就只管大步流星地往前走。有时也会走在铁轨上。冬季的铁轨很滑，拎着篮子而能在铁轨上走挺远，证明他那么练了很久了。

天大亮的时候，我俩已各从几处转弯的地方捡满一篮子煤块往回走了，那时才迎头碰上些捡煤的孩子。

两个多小时内，估计我俩往返走了十几里，却谁都不觉得累，也没怎么觉得冷——两篮子煤块的收获，简直可以说是"辉煌成果"，足以使我俩感觉不到累和冷。将煤拎到他家，我再匆匆赶回自己家。有时在他家吃早饭，有时顾不上吃。

十几天后，他父亲从外地回来了，他要离开他奶奶家了，我俩的"联合行动"结束了。

我俩捡到的煤相当可观。他分了一半给我，帮我装在麻袋里，将麻袋放在小爬犁上。

我不让他送我回家。他说："我不是还得把爬犁拖回来吗？"

在我们家门口，他也不进屋，只是问我："咱俩什么时候还能见到？"那话问得有几分诀别的意味。

我忽然想起，老羊皮袄还在他家，笑着说："你给我送来的时候不就又见到了？"

他也笑了，半认真不认真地说："我才懒得给你送来，你到我奶奶家取吧。如果你不去取，我就把它卖了！"

我忽然对他依依不舍起来，将他送到了大院外。

前几天刚下过一场大雪，路上的积雪很厚。他忽然来了个立正，向我敬军礼。之后，一手绕住爬犁绳，一脚踏在爬犁上，一蹭一蹭地滑远了。

因为有了那些煤块，我家温暖了好多日子。

后话——我下乡前，曾去向元元告别，却没见到他，他家又搬走了。我也去过他奶奶家，撞了锁。——邻居告诉我老人家去世了，房子易主了。我下乡第二年，某日到团部去办事，忽听有人叫我。一转身，眼前竟是陈元元，他说他当上团部的电工班长了，我俩不禁拥抱了一下。后来我去团部，每到他那儿去蹭饭，而他每次见到我都很高兴。再后来，我们团的一部分知青调到了别的团，其中有他，我们就再也没见过了……

我当小男用

　　虽然我早已开始看成人书籍了，但对小人书仍情有独钟。我家附近有三四家小人书铺，看小人书对于我仍是美好的享受时光。

　　一天晚上，小人书铺只剩我自己了，我手里却还有一本小人书才看了几页。

　　小人书铺的主人是位老大爷，他商量地说："孩子，咱俩都很熟悉了，有句话我憋了半天，一直没好意思开口，可现在不说不行了，都九点多了呀！你还不回家你家长放心吗？明天再来看行不行？我保证不收你两次钱……"

　　晚上九点多，在当年，在哈尔滨，对于一名中学生而言，确实已经是很晚的时间了，何况是在冬季。我不好意思地放下了小人书。

　　一离开温暖的小人书铺，外边的寒冷使我哆嗦了一下。

马路上已经没有车辆了，却见三个人正沿马路边走来——两个架着中间的一个，中间那个两腿瘫软，似乎受了伤。

我认为他们也许需要帮助，就没立刻跨过马路去。

他们也看到了我，其中一个问我顾乡怎么走？

我指着说一直往前走就到了。

他又说："孩子，求你替换替换我，我得提下鞋跟儿。"

我略一犹豫，替换了他，顿时闻到浓浓的酒气。

那人却没提鞋。他说中间那个人喝多了，独自回不了家了。而他家在相反的方向，再往前送，他自己可能也回不了家了……

他一边说一边往后退，话说到那儿转身就走。他自己也满口酒气，走得摇晃不稳。

"哎你别走啊！"我喊起来。

他却开始跑了，摔了一跤，爬起来继续趔趔趄趄地跑。另外一个人骂了一句，紧接着对我说："孩子，帮人帮到底，你可千万别不管我俩呀，我不熟悉路，一个人也没法把他送回家啊！"

我说："前边不远就是车站了，我帮你俩走到那儿，你俩可以乘车。"

他说："你看这会儿还会有车来吗？即使等到了末班车，我俩这种样子，不许我俩上车呢？"他也满口往外呼酒气。

我说："一直往前再过一站就是新阳路尽头了，到了那儿离顾乡不远了，我只把你俩送到那儿！"

他连说："好好好，多谢多谢！"

我与一个酒鬼大男人搀架着另一个酒鬼大男人往前走了不一会儿，被架着的那个男人吐了，还吐到了我身上。他似乎一步也走不动了，靠着一棵树坐在了马路沿上。

我抓起雪先擦自己的衣服，接着擦那个坐下的男人的上衣。为了使他醒醒酒，还用雪擦他的脸。可我扭头之际，另一个男人也溜走了。

"哎你……浑蛋！"我恼怒极了，骂了起来。

那男人一边倒退着走一边无耻地说："不快到新阳路尽头了吗？到那儿离他家不远了。他吐过之后自己就能走了，按你答应的，把他送到那儿就别管他了……"那男人转身也走远了。

我再骂什么都无济于事，也就只有不骂了。

坐着的男人拽住我的衣角，可怜兮兮地说："孩子，你可别一狠心把我扔在这儿呀，那我这一夜不活活冻死了？我家还有三个儿女呢！我的命可全凭你怎么样啦！……"

他已经把话说到那个份儿上了，我除了继续架起他往前走，还能怎么办呢？

他吐过以后，清醒了些，能自己勉强走几步了。否则，我一名中学生是架不动一个大男人往前走的。他说话也利落了，为了讨好我，一路不停地主动找话说。

他说自己是顾乡什么什么汽车修配厂的六级工，在厂里是带两个徒弟的人，也是撑住厂里技术门面的人，说话很算数的人。而那两个人他不熟悉，他与他俩只不过是修车人和一般车主的关系。他俩为了少花点儿修车费才请他在市里吃饭……

听了他的话，我心里起了变化——如果说起初我确实是在毫无私心地相助，那时我忽然有了私心，暗想我可能不可能因为认识了他而在毕业后解决了工作呢？那我就不考师范学校了，干脆一毕业就到他那个厂去上班得啦！不论任何工种，八级工到顶了。一名是六级的修车技工，那也快接近技术权威了，我如果能拜他为师，当不当小学语文老师还真无所谓了……

我心里一这么想，竟不觉得我遇到的是件倒霉事了，反而像是一件幸运万分的事了。

他取悦地夸我是好学生。我则向他保证，肯定会将他送回家。

新阳路的尽头，是一条很宽很宽的横马路，是几班无轨电车的终点。而那条横马路，是城乡的分界线。

过了那条横马路就是顾乡区了——顾乡区原本叫"顾乡屯"，只不过是个"屯子"，后来成了乡政府所在地。乡政府对面是第十五中学，学校里的学生基本上是农家儿女。

他说他又累了。其实我也累了，内衣都被汗湿透了。我俩就又在路边坐下歇了一会儿。

我搀架着他过那条横马路差不多用了五分钟。

走在顾乡的地界后，他说："我命真好，幸亏遇到了你，多谢你了孩子，不必再往前送了，我自己能回家了。"我听出他说的是真心话。

我却说："已经把你送到这儿了，那就把你送到家吧。"

我的话自然正中他的下怀，他连说："很近了，很近了，你真好。"

通往顾乡的第一条路是上坡路，路口有一家厂，两扇铁皮门紧闭，挂着"东风汽车修配厂"的牌子。路灯的光下，牌子上的字黑白分明。他说那就是他上班的厂。

而他说"很近了"显然是谎话，其实一点儿都不近，七拐八拐的，走过了几条乡镇小街，二十多分钟后才走到他家门前——一排土坯房，每一扇门都临着街。

他家只有一间半，半间是厨房，砖炉子连着火墙，墙角堆着煤、劈柴、白菜、萝卜和土豆。破旧的碗橱缺了一条腿儿，用几块砖垫着。那迹象表明，他家似乎刚入住不久。

他家里屋也有火炕，炕边的木架上横摆两口箱子，也当桌子。窗上还没窗帘。

我和他进到里屋时，两个男孩一个女孩都背靠火墙坐在炕上。女孩最小，才四五岁。是哥哥的男孩也就十岁左右，他的脸看去干净些，而他的弟弟妹妹，左右脸蛋都有黑"嘎巴儿"，那是用袖子多次抹鼻涕造成的。显然，两个孩子至少两天没洗脸了。

他们都惊讶地看着我这个陌生的大孩子，如同三只鼬鼠看着非同类的动物，虽然知道并无危险，却还是多少有点儿恓惶。

我告诉他们——他们的爸爸喝醉了，自己回不了家了。我只不过是一个不相干的路人，遇到了，就将他们的父亲送回来了。

　　我那么说时，他们一齐瞪着我，都一声不吭。我觉得，对于他们的父亲喝醉了这种事，他们早已习惯了。

　　我那么说时，他们的父亲也一言不发，爬上炕拽过一只枕头，连鞋都不脱，枕着枕头仰躺下去了，仿佛我已经不存在了似的。

　　我再就无话可说，也不想说什么了，对三个孩子勉强笑笑，转身离开。

　　远远地，我看到一个瘦小的人影袖着双手，站在我家那条街的街口，站在那儿唯一的路灯下——是我母亲，她在那儿迎我。

　　母亲问我："知道现在几点了吗？"

　　我说："妈，对不起，让你担心了。"

　　我和母亲回到家里，已十一点多了。我如实向母亲讲了我遇到的事。

母亲说："那我不批评你了，你做得也对，快睡吧。"

我那种"如实"是有保留的——我没讲我寄托在"六级技工"身上的个人希望，怕使母亲那一夜睡不成觉。母亲还是一心希望我将来能成为小学语文老师的。

第二天下午三四点钟，我找了个借口，又去往"六级技工"的家里。经过那个厂时，我驻足朝里观望了一会儿——院子不大，有两间是办公室的砖房，院子中央停着一辆待修的卡车，到处是破旧的轮胎和部件，地上到处是与油污混冻在一起的脏冰，却没看到一个人影。

我对那个厂的印象糟透了。

但我的希望仍缠绕在心头。因为，如果它能成为现实，那么我不是可以提前三年就为家里挣到钱了吗？

三个孩子对我的再次出现都很意外，却也很欢迎——分明地，他们寂寞得太久了。

他们的家连水缸都没有，以桶作缸。一只桶是空的，另一只桶里只有浅浅的一点儿水了。我将水倒在洗脸盆里，将盆放在炉盖上，嘱咐当哥哥的男孩，水稍微热了就端下来，为他的弟弟妹妹擦擦脸。

我问清了水站的方向后出门去挑水，回来后那两个孩子不再像花脸猫了。但他俩的小棉袄特别是袖口实在太脏了，脏得发亮。屋子不暖和，他俩肯定常流鼻涕，袖口那样子是很自然的。

我又坐了半盆水，命那当哥的将弟弟妹妹的袖子擦干净，自己则开始煮粥炒菜。等我将饭做好，那小哥哥的"工作"刚结束不一会儿。

他说："叔叔，只能这样了。"他已经动用了他爸的刮胡刀往下刮，都将弟弟妹妹的袖口刮破了。虽然看去还是达不到我的要求，但我觉得确实只能那样了。大冬天的，总不能将他弟弟妹妹的袖口都搞得太湿啊。

他们叫我叔叔是把我叫大了，叫我哥哥又未免把我叫小了——我宁愿他们叫我"叔叔"，被那么叫，我觉得自己和他们的爸爸的关系接近平等了。

他们吃饭时，我呆坐一旁想我的心事。他们使我联想到了是小学生时的自己和弟弟妹妹。区别在于那时的我很能干，不至于会使弟弟妹妹脏成那样，也会尽量将家里收拾得干净一些。而那个小哥哥，分明还缺乏我那种能力。我没问他们的妈妈的情况——这是不必问的，一问必然会触到他们的小心灵的痛点。所以，我便什么都不想问了。到那时为止，我唯一从那小哥哥口中知道的"情况"是——他们的爸爸叫周翔。

他们刚吃完饭，周翔回来了，带回了几个烧饼。

我终于看清，他的工作服脏极了，仿佛可以拧出油来。

他比他的孩子们更惊讶于我又出现在他家里。但那只是瞬间的事，他立刻又习惯了似的，仿佛我是他极为熟悉的一个人。

他说他得出去办事，只能在家里待一小会儿。如果我想走，那就走。还愿陪陪他的孩子们，他也不反对。

他说了那么几句话，吸了支烟，起身便走了。

三个孩子都用乞怜的目光望着我，使我难以立刻就走。我给他们讲了一个故事之后也走了——我不能因为回家太晚，又使我母亲袖着双手迎我在街口。

以后我又去过周翔家五六次。有时是接连去的，有时是隔一天去的。有时周翔回来得早点儿，有时回来得挺晚，并且又喝醉了。

我最后一次在他家里时，他回来得较早，身上没酒味。

他坐在炕沿一边低头卷烟一边说："你也看出来了，如果你希望得到什么好处，那就白希望了。"

我靠墙站在他对面，看着他说："我没那种想法。"

他吸了口烟，抬起头也看着我说："那你图的什么？何苦呢？"

我说："我希望你收我为徒。"

他意外得张大了嘴。

我就将我送他回家那天晚上他说的话复述给他听。

"我那么说了吗？"

他倒没对我的话表示怀疑，而是因为自己居然说了那样一些话感到吃惊。分明地，他的样子告诉我，他也感到了羞耻。

我肯定地回答："你的确那么说了。"

他说："孩子，我那是醉话啊！人对人的醉话是不能当真的。你想必也路过那个厂几次了，今天有活干明天没活干的，连我自己都经常因为开不到工资而发愁……"

他扔掉烟，用脚踩住，低下了头。

我呆住了，不知说什么好，许久才问："那你也不是六级工了？"

他小声说："孩子，对不起……"

我和他居然当着他的三个小儿女的面进行了那样一番对话，是我绝对没想到的，那使我觉得特别尴尬。按我的想法，那应该是我和他之间单独进行的谈话。

他又说："既然今天把话挑明了，那你以后别再来了。如果你以后还来，更掰扯不清了……"

我朝炕上望了一眼，三个孩子都目不转睛地看我，目光都有些眷恋。我一低头，转身而去。

那个晚上没有月亮，黑，似乎要下雪了。冷风飕飕，我走得很快。

这件事，我仿佛在哪篇文章中回忆过。也仿佛，文中有类似的话——祈祝周翔和他的儿女生活会逐渐好起来。

现在重新回忆，我的想法与以前不同了。我当然还是要那么祈祝的，并且相信，他和他的儿女们，后来的生活肯定发生了向好的变化。但我也想在此表达对周翔这位父亲的强烈不满——不是因为他骗了我，而是因为他不应该那么做父亲！不论他的压力有多大，他起码不可以酗酒，每天早点儿回家，用更多的时间和孩子们在一起啊！

父亲不仅是血缘身份，也是必须担起的责任啊！

然而那天晚上我往家走时却没这么想，内心里充满了被一个大的醉话所蒙骗的懊恼。

至于另外两个不负责任的大人，我想说的是——他俩是我每一回忆起来就心生反感的人。我愿中国那样的人越来越少，愿一切孩子的成长过程都不会遇到那样的大人……

我走路最长的一天

　　好心的街坊告诉我的母亲——她从收音机里听到，农村什么公社的卫生院有位老中医，对于治疗精神病很有经验，所开的药也很见效。

　　那个农村人民公社在"江北"，也就是松花江的北岸。当年，"江北"几十里内，除了农村还是农村——过了松花江大桥要走多远才能走到那个人民公社，街坊说不清楚。

　　然而我的母亲要为我的哥哥去买药。

　　那样一条收音机里都广播了的信息，使母亲心生起大的希望，这是多么正常啊！

　　然而我坚决反对母亲去。

　　到江北往返都要过江桥——过江桥就得上下旋梯。冬季里，旋梯的铁踏板很滑，我担心母亲出意外。

　　母亲说："无论怎样也得去一次，妈会小心的。"

我说："那也不必你亲自去，我去好啦！"

我说服母亲同意了我的"主动请缨"。

从我家住的地方去往松花江畔，如果乘车的话，也只能乘三站到斜纹街口，三站都是短站，却往往要等上十几分钟。我觉得有等车的时间都可以走过两站了，而且还要花一角钱，就没乘车，索性往斜纹街走。

走到斜纹街，还要通过哈尔滨那条著名的中央大街。走到中央大街尽头，也就走到了防洪纪念塔前，也就看到松花江大桥了——它在防洪纪念塔东边。

我走得急，穿得厚，刚到桥头便出汗了。旋梯果然滑，我十分庆幸踏上的是我而不是母亲。

在桥下并没觉得有风，一上了桥，顿觉风势甚猛，差点儿将我的棉帽子刮掉，赶紧系上帽带，弓身前行。

下了江桥，但见眼前白茫茫一片雪野直连天边，一时不知该往哪一方向走。空旷的天地之间，风更大了。

不远处，一道雪岗后有屋顶显现——屋顶也是白的，不仔细看几乎看不出来。

我决定朝那里走，心想即使走的是相反的方向，也可以敲开哪户人家的门问清路线。当年没有手机导航，去往陌生的地方，全靠多问了。只不过我面临的情况是，视野内不见一个人影。

　　我走到的是只有十几户人家的村子，北方管那么小的村叫"屯"。没用我敲谁家的门，有位老大爷在院子里清雪。我没走错方向。他告诉我顺着一条路一直往前走，路拐我也拐，再见到一个村子时再打听打听。

　　当年的江北没有水泥路更没有柏油路。雪覆盖在沙土路上往往会将路面和两边的田野连成一片。如果路上再没有马车或卡车的轮迹，那就更容易走偏了，会不知不觉走到田野上去，结果白走了冤枉路。所以我放慢了脚步，走一段停下来分辨一次。

　　经过了四五个村子，还真敲开一户人家的门问了一次。也不知走了多久，终于走到了某人民公社的卫生院。接着是领号、排诊。排诊的人还不少，都是慕名前来替亲人求医的。

一位农村大婶问我从哪里来。我回答之后，她又问我怎么来的。我说走来的。她吃惊地说："孩子，那你起码走了十三四里地呀！"

我不知再说什么好，只有笑笑。

她叹口气又说，她是为她女儿来抓药的，说罢落泪。

那时的我还不会劝人，更加不知说什么好，只有起身请她排在我前边。她谢过了我，非但没往我前边站，反而动员别人让我排到前边去。排队的都是农村人，听那位大婶说我是从市区走来的，再加上见我仍是个孩子，都愿意让我往前排。这个也让那个也让，结果我反而站在了最前边。

我很快就见到了那位出名的老中医。他没听我讲完我哥哥的病情就打断了我的话。他说："孩子，一定是别人没说明白，我不是精神病医生，我是用祖传偏方治癫痫病的，这两种病是完全不同的病啊！"

我呆住了。我忽然想哭。

老中医又说："孩子别急，既然你大老远冲我的名气来了，那我就不应该让你空着手回去。这样吧，精神病病人以精神镇定为好，我给你开一服起这种作用的中草药吧。你回去告诉你妈妈，目前世界上还没有能治愈精神病的药，不必再四处求医浪费钱了，能住院还是住院吧，精神病院是唯一能缓解病情的地方啊！"

他还叫来护士，让护士带我去抓药，并且郑重地指示："别收这孩子的钱！"

我谢过老中医和护士，拎着几包草药走到外边时，一个大男人跟了出来。

我以为他有什么歹念，不免对他警惕。

他让我别怕，说没有别的意思，只不过想买我身上的光板皮大衣，问二十元肯不肯卖给他。

我听父亲说过那是他在新疆时花二十元买的，坚持要三十元。毕竟，我父亲千里迢迢将它带回了哈尔滨——全东北都很难买到那种用新疆细毛羊的羊皮缝制的大衣。

他说他只有二十元钱。

我说二十元钱我是不会卖的，那就卖亏了，回家会挨训的。

看来他是真喜欢，让我等他一会儿，他进卫生院去借钱。转眼他就出来了，高兴地说借到钱了。

我坚持先收钱后脱衣服。他依我。

我脱下衣服后，他又犹豫了，不无悔意地说："孩子，你还得往回走十几里地呀，只穿一件薄棉袄行吗？"

我说："行，我抗冻！"——怕他真的反悔，我将皮大衣往他怀里一塞，拔腿就跑。脱去了那件大衣，身上轻多了。衣兜里多了三十元钱，心里也特高兴。三十元啊！快够我家一个月的生活费了！回去的路熟了，"任务"出色地完成了，身轻心悦，反而浑身是劲，走得极快，有时还跑一段。

"呀！呀！发生什么事了？你怎么……"母亲见我头发都湿了，吃惊又不安。

我说："一切顺利，渴死了，一会儿再汇报。"

我拿起一只碗，掀开缸盖就要喝凉水，被母亲阻止了。母亲命我立刻脱鞋上炕，坐热乎的炕头那儿忍会儿渴，她要为我煮一杯加糖的姜水。

我这时才觉得脚疼——包脚布走散了，双脚磨出了几个泡。

喝下姜水，我背上大汗淋漓。母亲替我擦汗时，我汇报完了买药的经过。我说："不许批评我自作主张把羊皮衣卖了，我认为卖得值！"

母亲说："妈怎么会批评你呢！如果去买药的是妈，那就不知什么时候才能回到家了。"母亲似乎想搂我一下，却又没那么做——因为两个弟弟一个妹妹都以佩服的眼光看我，仿佛他们的二哥是一个冒险而归的"勇士"。我想，对弟弟妹妹而言，往返三十里地大约是一件了不起的"壮举"。母亲并没搂我一下，大约是为了不损"勇士"的形象。

连哥哥也从旁说了句明白的话："可别感冒了。"

母亲接着他的话说："你二弟是为你去抓药的，还不谢谢你二弟？"

哥哥却又转身嘟囔他的疯话了。

母亲向弟弟妹妹们说："你们幸亏还有一个二哥对不对？"弟弟妹妹们点头。

我觉得母亲问弟弟妹妹们那句话，是对我的最高表扬。我忽然明白了，责任也是生活天然的一部分。既然是天然的，那就只有尽量把它担起来。

哥哥却不愿喝那中草药汤。也许因为太苦了吧，他喝过一次就拒绝再喝了。

一天早上，我闻到一种特殊的烟味儿，走到厨房一看，见母亲在往炉子里倒那些中草药。

母亲看我一眼，盖上炉盖子，垂着目光说："妈能正确看待你哥哥的病了，以后再不浪费钱买些没用的偏方了。"

"妈……"

我搂住了母亲的后腰，不由得将脸贴在母亲背上。其实，我想说的是："妈，我从没怪过你，因为你是妈啊！谁有权责怪一心想要治好儿子的病的母亲呢？……"

只不过我没那么说。

几天后，开学了。

卖豆腐挣下了几个钱

　　我已经是初二下学期的中学生了。

　　当春天来临时，哥哥住院了。

　　那是挺复杂的一个过程——哥哥的住院费是由大学和哈尔滨市民政局共同承担的，需要双方进行多次公函沟通，各方还要经过一道道审批手续。达成协议后，还要等。当年哈尔滨精神病院的床位有限，有一名病人出院才能有一名病人住院。

　　哥哥住院后，我对我们的家又进行了一次"面子工程"。首先，我再次将里屋外屋仔细粉刷了一遍，之后拆下钉在每一扇窗上的木条。哥哥在家时，怕他砸碎了窗子，伤着了自己或伤着了家人，不得不用木条将窗子封住了。我也将厨房里的炉灶拆了重砌了一次，它已经四处漏烟，锅台的砖早已松动，非重砌不可了。（后来我成为知青时，有次电影放映队的一间小屋里要砌炉子，但瓦工班一时派不出人——我就毛遂自荐充当瓦工，将炉子砌得挺美观。因为下乡之前我已有了实践经验啊。）

杨志松听说我要对自己的家采取"大动作"，及时送来了小半桶水泥，那在当年是稀缺之物，是他家修房子剩下的。我做梦都梦到过水泥，视如珍宝，用得非常节省，没舍得用完。水泥抹过的锅台光亮平滑，成了厨房里的一道"风景"。

父亲的那些奖状，出于同样的安全考虑被从墙上取下，捆起来放在桌子底下了。在重新挂到墙上之前，母亲认认真真地将它们擦了一遍。大镜子已寄放在邻居家了，两个弟弟去取回来了。三弟和四弟，他俩还将里屋地板刷出木纹来了。我做过的某些家务，他俩也能主动做了，做得一点儿也不比我差。

我"捡回来"栽在小后院的两棵幼树，不但活了，而且长势越来越好，新叶翠绿，已与后窗一般高了。坐在屋里，树衬窗，窗映树，赏心悦目。那是两棵"飞刀树"，秋天会结出像"飞去来器"[1]般的种子。父亲用柳条编的篱笆，也嫩叶满枝，看去像树墙了。

春夏相交之际，街道干部照例挨家挨户检查卫生，他们已经许久没进过我家了——那次他们光临后，我家门上又出现了"卫生模范之家"的小红旗。

母亲又可以到街道小厂上班了。我也不再旷课了。

我和两个弟弟对我们的家所进行的"面子工程"，都是在不影响学习的前提之下有步骤地完成的。

我也一心想要考上哈尔滨师范学校了。我旷课太多，要使成绩来个飞跃几乎不可能。我请求树起每天放学后帮我补补几何课，他高兴地答应了，当补课老师当得特别认真。

初一时我曾是班里的卫生委员，负责给每个卫生值日小组评分。

一天，在上学途中我对树起说："以后上学你别找

---

[1] 飞去来器：又名回旋镖、自规器。最早是一种传统的狩猎工具。——编者注

我了。"

他奇怪地问我为什么？

我说："想想很惭愧，初一上学期以后，我就再没当过卫生委员，尽管现在是别的同学当了，但我还是想每天早点儿到班里，做一名义务卫生值日员，弥补我的遗憾，也回报老师同学们对我的关心。"

树起说："这我太赞成了，可跟咱俩一块儿还是不一块儿上学有什么关系啊？我每天提前半小时找你不就是了嘛！"

我说："你愿意那样我当然高兴啦！"

他说："'老单'现在不仅是文体委员，她把卫生委员也兼起来了，要不要也约上她呢？"

因为单砚文那种"假小子"性格，树起经常很哥们儿地叫她"老单"。

我说："知道的人还是越少越好。"

教室每天早上变得比以往干净了，这当然逃不过单砚文的眼睛。不久她就发现了我和树起的"秘密行动"，也加入进来。我们三个的行动很快被更多的同学知道了，班主任孙老师在周末的班务会上表扬了我们，这使我们三个的友谊更深了。

想来，那是我上中学后第一次当众受到表扬，心情愉快了好几天。

徐彦却很有意见，对我和树起发牢骚："怎么，我不是你俩朋友了？从啥时候起，你俩眼里只有单砚文没有我了？"

我俩就都向他认错，保证再有什么秘密行动绝不瞒着他。

某个星期天，正子哥到我家来了，是来求我的——他上班那家豆腐坊给了他一项任务，每个周日加一次班，卖完十板豆腐，早卖完早结束，晚卖完晚结束。以前他们豆腐坊只做豆腐，不卖豆腐，使附近的居民很有意见。所以，豆腐坊也卖豆腐了，这一举措很受居民的拥护。也不仅他得加班，师傅们每天晚上也轮次加班一小时，只不过因为他是徒弟，占用星期日的事就是他躲不掉的了。而且还不是在豆腐坊门前卖，是要推着三轮平板车走街串巷地吆喝着卖。他说他整天做豆腐做烦了，星期日再见到豆腐头晕眼花的，问我愿不愿意在星期日替他卖豆腐。

母亲问："你觉得你弟行吗？"

正子哥说："我觉得没问题。每板豆腐都是切好的，卖起来很简单，他可以让三弟一块去帮他。"

母亲又问："你们豆腐坊的领导会同意吗？"

正子哥说："那是有加班报酬的，一板五分钱，原则上不许外人代替，那成了变相雇工了。但如果我说绍生是我表弟，那就是另一码事了，属于亲戚之间互相帮忙。"

他搂了我的肩一下，与我轻轻碰了一下头，亲昵地说："咱俩不是比表兄弟还亲吗？"

我说："那是！"

母亲说："你二弟学习刚有点儿进步，我怕他因为卖豆腐又影响学习了。"

我听正子哥说有钱可挣，内心早已兴奋起来，赶紧说："妈，绝不会的！我要和树起一块儿卖！他经常帮我补课，我应该报答他，好事儿不能忘了朋友！"

正子哥说："这话我爱听！"

母亲只有笑笑，不再说什么。

当天晚上我去到树起家，将好事告诉了他。

他高兴地说："愿意愿意！我不嫌丢脸，也不嫌挣得少。勤工俭学嘛，正当的事啊！不过，再不能瞒着徐彦了。"

我说："他爸妈不会允许他卖豆腐吧？"

他说："肯定的呀，但咱俩可别再惹他不高兴啊！"

我同意了树起的主张，星期一在学校里告诉了徐彦。

徐彦笑着说："我不在乎挣不挣钱。我爸妈每月给我的零花钱花不完，我图的是和你俩在一起那份儿愉快。"

树起和我是上学放学的路伴，日久天长成为朋友是自然而然的事，没成为朋友倒奇怪了。徐彦跟我俩成为朋友却另当别论，因为他一向独来独往，寡言少语，与我和树起的性格大不相同，居然也成了我俩的朋友，似乎只能用"缘"来解释了。

下一个星期日上午，我们三个按正子哥要求的时间出现在豆腐坊外，正子哥已等在那儿了。他领我们进了豆腐坊，将我们介绍给师傅们。我和徐彦脸形相似，正子哥就说徐彦是他大表弟，我是他二表弟。

树起不待介绍到自己，主动说："我和他俩是发小。"

一位师傅开玩笑地说："总共才挣五角的事儿，你们三个不会由于分得不公打起来吗？"

树起说："我们三个不是冲钱来的，是要补上勤工俭学这一课。"

那位师傅夸他真会说话，其他师傅都笑了。

正子哥用他的大搪瓷缸子请我们三个喝豆浆，说是头一锅，专为我们三个留在盆里的。

我和树起都是第一次喝豆浆，虽然没糖加，那也还是非常爱喝，如饮所谓"琼浆"。徐彦家住的离市里近，市里的饭店每卖油条和豆浆，喝豆浆对徐彦是较经常的事。但连他也承认那豆浆确实好喝，一比就比出来了，饭店卖的豆浆分明是兑了水的。

　　我们三个品尝过豆浆后，开始推着三轮平板车去卖豆腐。不能一下子就往车上放十板豆腐，那样分量太重了，摞起来也太高，会使车不稳。先放了五板，并且带上了一只小凳，卖时我们三个中得有一个站在小凳上，否则还是不能顺利地铲起豆腐来。

　　正子哥跟了我们一段路，问我们到底行不行。

　　我说："有什么不行的？你放心回家吧。"

　　正子哥走后，我们三个做了分工。徐彦说他只管推车，不管卖的事，尤其不能指望他吆喝，他是无论如何喊不出口的。我收钱，树起个子比我高，给豆腐是他的事。至于吆喝，则是我俩共同之事。

　　分工一经明确，我俩就你一声我一声地沿街吆喝起来。这使徐彦笑出了声，夸我俩的声调配合得好。

如今想来，那非常像现在的蔬菜进社区，豆腐坊的利民举措由我们三名中学生具体来实行了，所到之处果然大受欢迎。

不知不觉我们已将五板豆腐卖完了，赶紧回豆腐坊又装上了五板。再接着卖时，就得去往另一条街了。因为前一条街上的人家要买的差不多都买了。走走停停，进大院穿胡同的，不知不觉到了单砚文家那儿，而且被她撞见了。

"你们三个这是搞什么景儿啊？合法呀还是不合法呀？"她"友邦惊诧"地大声嚷嚷。

由我向她解释了是怎么回事。

她问："我家的豆腐票已经用完了，能不能给我个面子，也卖给我几块呢？"

"这我可做不了主。"树起说完看我。

我没料到她会提这种请求，犹犹豫豫的一时不知该怎么表态。

徐彦笑着说："我看行！豆腐坊的人不是只点钱不看票嘛！一张票两块豆腐，少收两张票多大点儿事呀！"

树起又说："我发现咱们一离开，有位师傅把满满一纸箱的票都倒炉子里了，他们保留那么多票完全没用嘛！"

我想也是，大包大揽地说："四块六块随你买，一切责任我负了。"

她高兴地跑回家去取盆，而我们卖给了她六块豆腐。她并不白得好处，也扯开她的女高音嗓子帮我和树起招徕，一时几乎将左邻右舍都喊出来了。我们没挪窝，坐地在那儿就卖光了三板豆腐。

她对卖豆腐这事来了兴趣，觉得自己如果不插一脚，她的某种能力就被埋没了似的。"这种事儿，我一出马，一个顶俩！"

她说她父亲正好在家，她离家多久都放心，非要和我们接着去卖剩下的两板豆腐。这是我没什么理由拒绝的，也只得同意了。

我和树起的叫卖声很单调，他一声我一声只喊"豆腐"二字而已。单砚文一加入，那就叫真的招徕了。

"卖豆腐啦！新压出来的大块儿豆腐呀！热热乎乎的大豆腐呀！快做午饭啦，买回家正好赶上吃呀！卖……豆腐……啦……"她喊得特来劲儿。

树起批评地说："你那么喊不行，一会儿不就把嗓子喊哑了？"

"老单"却说："你喊你的，我喊我的，你别管我怎么喊。能帮你们快点儿把剩下的两板豆腐卖出去我就有功！……"

我悄悄问树起："这下钱可怎么分啊？"

树起爽快地说："你看'老单'喊得多投入啊，不平分她一份儿不妥吧？"

徐彦听到了，撇清地说："钱的事可与我无关啊，我什么都没听到。"

还多亏有单砚文帮着叫卖，剩下的两板也很快卖完了。

时间还早，我们四个互相看看，都有点儿意犹未尽。

树起说："要不，问问豆腐坊的人，看同不同意再帮他们卖五板？"

单砚文也说："卖得还没过瘾。"

我就说由我来问。

豆腐坊的会计婶听了我的话立刻表示没有问题，说我们替他们就近卖得多，领导还会表扬他们呢！

单砚文机灵得很，抓住机会发表起异议来。

她说每卖一板才五分钱，太亏待我们了！如果仅仅是他们的人守在豆腐坊外边卖，才不会两个多小时就卖完了十板豆腐！

会计婶愣了一下，问她觉得多少钱才合适。

她说卖出一板怎么也得让我们得一角钱。

她倒敢要！

我和树起和徐彦都吃惊得吐出了舌头。

会计婶冷下脸说："绝对不可以！一块豆腐才二分

钱，一板豆腐一百块，总共才能卖出两元钱，岂能让你们轻轻松松就把一角钱赚去了？”

单砚文一听这话也耷拉下了脑袋。

不料会计婶又说：“八分钱可以考虑。”

形势变得太快，我们三个还没来得及做出反应，单砚文抢先说：“一言为定，互不反悔！”

再卖完五板，就不那么容易了，时间同样用去了两个多小时，走得离豆腐坊也远多了。

下午一点多时，我们终于交了差，会计婶给我们打了一张盖有公章的玖角钱的欠条。

以后的五个星期日，我们“四人联盟”每天都能卖出十五板豆腐，有时卖得轻轻松松，有时则卖得相当辛苦。为了不影响学习，还能多卖我们也不多卖。

唯一意外的事是，在别的街区卖时，被我们班的另一名女生看到了，尽管单砚文嘱咐她别在班里传，我们三个男生一个女生卖豆腐的事还是在班里成了别的同学的笑谈。

单砚文替我们三个起到了"灭火"的作用，谁笑话我们她就跟谁辩论，高谈阔论，力陈利用星期日做有利于群众的事，收下微不足道的报酬一点儿都不丢人。

有的同学也反驳她，质问她我们为什么不像雷锋那样做纯粹的好事。

伶牙俐齿的单砚文也有被辩得哑口无言之时。竟是徐彦替她解了围，也替我们"四人联盟"正了名。

他慢条斯理地说："工人加班还给加班费吧？学生义务劳动还管饭吧？我们替豆腐坊卖豆腐他们可没管我们饭，我们每人吃一顿三角钱的饭不算大吃大喝吧？这跟纯粹的义务劳动有什么不同？现在是社会主义还不是共产主义吧？有偿的劳动才是普遍现象吧？不管什么人，只要做的是有利于群众的事，受到三角钱的鼓励完全应该吧？……"

当时是课间，就快响上课铃了，班里的同学都没想到，一向"闷葫芦"似的徐彦，竟能摆出那么一套硬道理。

孙老师已经进入了教室，也听到了徐彦的话。她没说话，只是微笑着听。

后来，我们卖豆腐的事结束了——被豆腐坊内部一名老师傅的家属接替了。那老师傅家生活困难，我们没任何理由与他争。并且我们也快进行期中考试了，结束得心甘情愿。

单砚文提议用我们挣到的钱为班里买两把笤帚，剩下的钱平分。这也是我的想法，我举双手赞成。

徐彦仍坚持不要一分钱。

我们为班里买笤帚的做法，受到了孙老师的表扬。

徐彦高兴地说："受表扬的感觉还真挺好。"

而我和树起和单砚文，也只不过各分到了一元几角钱。我们三个一块儿请徐彦看了一场电影，吃了一支奶油冰棍。

我将一元钱交给母亲时，母亲说："妈不要了。妈又开始工作了，家里不太缺钱了，你自己留着吧。"

我就用一元多钱买了四本小人书。我已经有了几本小人书了，希望能在初中毕业前拥有十本，就像大人为自己定了一个攒钱的钱数似的。虽然我已经开始爱看成人书籍，但与小人书仍有割舍不断的亲情。也可以说，小人书对我来说象征着财富。

必须做的事

　　我期中考试成绩不错，中等偏后——这我已经相当满意了。须知，我有一半左右的时间并没正常上课啊。

　　我的心情因而大好。

　　母亲脸上的愁容也少多了，偶尔才浮现一次。

　　某日母亲对我说："你哥曾对一些不认识的人家造成过骚扰，咱们应该一一去道歉，对吧？"

　　我说："那是冬天的事，过去了也就过去了，真有必要吗？"

　　母亲说："肯定有必要，这是咱们必须做的事。有的人家，妈已经去道歉过了。但有一户一点儿都没反感咱们的人家，妈记不清楚在哪条街上了。当时天太黑，妈只记得咱俩陪你哥走了挺远……"

　　我打断母亲的话问："是那位作家的家吗？"

　　他是唯一将我们母子三人让入到屋里暖和暖和的

人，给我留下了很深的印象。

母亲说："对，妈指的就是他家。妈记得他与你哥说话时吸了一支烟，妈没记错吧？"

我点了点头。

母亲又说："所以呢，妈买了几盒烟，哪天你带上，替妈去赔礼道歉行不？"

我犹豫。那不是我愿意接受的任务。

母亲看出了我的为难，语气温和地说服我："妈已经去过几家了，只剩他一家没去了，你也该替妈一次了。人家是位作家，那就属于高级知识分子了。妈见了他那样的人，话就说不好了。你再不情愿，也还是得替妈去，啊？妈总不能让你哪个弟弟去吧？"

听来，母亲的话既是指示，也似乎是一种请求。

我只得违心地点了点头。

在去往林予家的路上，我心里反复想，第一句话该怎么说，第二句话该怎么说。赔礼道歉的话我不是从没说过，无非就是"对不起""请原谅"呗。但那种话都是当时就说的呀。时隔许久，郑重其事地登门赔礼道歉，对我是头一次啊！何况，林予也许将那件事忘了，突然又登门，不是也很唐突吗？

但既然已经接受了母亲交给的任务，再不情愿也得完成啊！

一方面，我是违心的；另一方面，却也觉得是次难得的机会——毕竟，我已经读过一些成人小说，对作家抱有难免的神秘感。不是多么强烈，但希望能近距离地再次接触一位作家的想法确实挥之不去，哪怕说上几分钟的话也好啊！

我怀着十分矛盾的心情站在了林予家门口，敲了几次门，屋里没出来人。

对面人家的门倒是开了，出来了一位我应该叫姐姐的姑娘，背着书包，分明是要去什么地方。她奇怪地问我找谁。

我说出了林予的名字。

她又问我找林予有什么事。我被问得面红耳赤，吞吞吞吐吐地说明了原因。我本就口吃，不但说得吞吞吐吐还说得结结巴巴。我的样子和我说出的原因显然引起了她的同情。

"我林予叔叔到北大荒深入生活去了，我能替你做什么事吗？"她的话说得特温和，使我不由得对她以"姐"相称起来。

我说："姐，你替我把这几盒烟转给他吧。"

她说："可以呀。"接过我递给她的烟，转身又进入自己家了。那时我已注意到，她衣襟上别着"哈尔滨师范学校"的校徽，所以我并没马上离去。

她再次迈出家门时，奇怪地问我："还有事？"

我说："没事了，就是想陪姐姐一块儿走。"

她笑了笑，没说什么。

路上我告诉她，我想考师范学校，希望将来能当小学语文老师。她说她毕业后肯定是要当语文老师的，因为她学的正是语文专业。

我俩便有了共同语言。

我说我想到"哈师范"去参观一下,她说那没问题,她可以将我带进去。

于是我俩约好了一个日子,她保证在门口等我。

到了那个日子,在校门口等我的并不是那个姐,而是她的一名女同学。"姐"的同学说"姐"临时有事,委托她将我带入学校。

她问我:"考入师范学校的男生毕业后都愿意教算术,能教体育更好,你为什么愿意教语文呢?"

我说:"我个子小,想教体育也不够格呀。"

她说:"那倒是,但你还没正面回答我的问题。"

我说:"让我想想。"

她问:"很难回答吗?"

这时我已经想好了,郑重地说:"我的作文成绩最好,估计当语文老师比较有利。"

她又说:"那倒是。"

我没让"那倒是姐姐"陪我参观,说想自己随意走走,看看。

她说："那我的任务完成了。"

哈尔滨师范学校离市区很远，我走到那儿用了一个多小时。校园比任何一所中学都大得多，楼房排列整齐，每一条路都是水泥的，绿化也很好。我还没成为它的学生，便已经爱上它了。

在第二天上学的路上，我把自己决定报考哈尔滨师范学校的想法告诉了树起。他却反对，说即使我不考高中了，那也应该争取考上"哈电机"那样的技校才对。

我说"哈电机"是重点技校，我没有考上的把握，考师范学校的把握大点儿。

树起问："真这么决定了？不变了？"

我说："绝不会变了，你得继续费心帮我补习补习课程。"

他说："太愿意了，随时奉陪！"

"我反而拖累了家里"

精神病院在松花江对岸。

我和母亲做了分工——星期日由我去探视哥哥，平常日子由母亲去。每个月至少去探视两次。上午去探视不了多一会儿，病人们就该吃午饭了，吃完午饭就要休息了。所以，我和母亲都是下午去——早点儿动身，到医院的时候，正好病人们睡过午觉起床了。

母亲身板弱，走得慢，即使往返都乘两站车，那也得来回三个多小时——到了江那边，想乘车也无车可乘。母亲每次回到家里都累得一坐下就不想再动了。往返要上下四次江桥，这使我对母亲的每一次探视出行都极不放心。

我与母亲商议——她干脆别去了，每一次都由我去探视得了。

母亲说："那不把你星期日复习功课的时间都占用

了？你决定考师范学校的事也是大事，不行！"

我说："妈，我已经有些把握了……"

母亲说："不行就是不行，再别有这种想法。你是当弟弟的，我是当妈的，我去探视你哥与你去探视不一样，我去的勤点儿对他的病情好转更有利，对不对？我隔的日子久了没去看他的话，他不是也会牵挂我吗？"

母亲的考虑是全面的，我就没再提过我的想法。

一次我去探视哥哥时，他内疚地说："哥本以为大学毕业以后对家里的责任会尽得更好些，没想到我反而拖累了家里。二弟，哥也拖累你了，对不起啊。你跟妈妈说，我一定主动配合医生治病，争取早日出院，请妈放心吧。"

那日的下午天气格外好，晴空万里，一丝风也没有。我和我哥坐在长椅上，长椅在医院的小树林里。四周寂静，有蝴蝶在花丛中翻飞，偶尔能听到鸟叫声。

哥哥说他出院后就向学校打报告退学，希望能早点儿找到份临时工作……

自从哥哥被老师送回家里，我们兄弟俩从没进行过正常的交谈。那是第一次，我不禁百感交集，搂住他泪流满面。

我回到市里时也快到晚上七点了。我们那个大院里有许多陌生人，还有消防队员——我家差一点儿发生火灾。一旦那样，邻居们的家也将不保。

全院的大人孩子都不拿好眼色看我，都认为是由于我吸烟引起的险情。

我进入家里，见家里也有两名消防队员。一名在询问母亲，一名在做记录。那名消防队员立刻开始询问我，第一句就是："你吸烟吗？"

我当然从不碰烟。

对方命我伸出双手，俯身细看——我也当然知道，吸烟的人指甲会被熏黄。

我顺从地将双手伸给对方看，感受到了莫大的羞辱。

我家外屋也搭起了小火炕，我前一天晚上独自睡在外屋——不知由于什么原因，被褥起火了。

消防队员虽然并没发现烟蒂，却发现了两根燃过的火柴。所以他们的结论是起火原因不明，但不能排除吸烟所致。

我们那条小街太窄，两辆消防车停在后街，从我家的后窗可以看到。望着消防车开走，我委屈地哭出了声，以头撞墙。

母亲搂抱住我，同时严厉地问："你究竟吸没吸烟？"

我喊："没有！没有！"

两位邻家的叔叔刚进入我家门，见状板着脸离开了。一位叔叔一边往外走一边嘟哝："撒起谎来还那么强硬。"

母亲说："如果真没吸烟，那也不必喊，更不必撞头，原因总会搞清楚的。"

因为被褥烧毁了，我晚上没得盖了，只得又睡到里屋去，与三弟同盖一床被。半夜，我的一只脚触到了炕墙，居然被烫醒了。那面墙不是火墙，它不应该有温度，更不应该烫。我起身往上一摸，上半截墙也挺热，差一尺多就热到屋顶了！

"不好，妈妈快起来！"

妈妈和弟弟妹妹惊醒后，我说我找到失火的原因了——命四弟和妹妹将炕面腾空，命三弟将水缸里的水用水桶提来，越多越好。之后，我用斧头砍墙，先从上面砍，以隔断过火的面积。几斧头下去，墙上出洞了，结果可见火星闪烁——原来惊动了消防队的火情，是由于那面墙有裂缝，叠起的被褥刚巧放在有裂缝的地方，被从裂缝"钻"出的火星引燃了。

明明不是火墙，里边为什么会自燃呢？并不是自燃。

即使夏季，火炕也是要隔几天烧一次的。否则炕面很凉，人整晚睡在凉炕上会生病。前一天家里烧了一次炕，火炕之火口的上方也有了裂缝，而那面墙既不是砖的也不是坏的。当年盖的时候图省事，是用在黄泥中滚过的"草辫子"编的，之后两面又抹上了黄泥而已。那样的一面墙，当然容易从里边燃起来。消防队员在我家侦察现场时，那面墙内的暗燃刚刚开始，那种情况超出了他们的经验，所以他们并没往那方面想。

半夜三更的，我砍下的墙块居然冒火星，这使母亲吓坏了。她敲开了三户邻家的门，三位叔叔吃惊地来到了我家，其中有那位说我"撒起谎来还那么强硬"的叔叔。

那时我已将那面墙砍透了，三位叔叔一见之下恍然大悟。两位叔叔谴责房子当初盖得太不负责任了，一位叔叔则因冤枉了我而一个劲儿地向我道歉。

在三位叔叔的指导和帮助下，火患彻底排除，那时天已微亮。从那天开始，全院的大人又都对我刮目相看了，有的叔叔阿姨甚至表扬我是全院的"福星"，话里话外，感激得很。孩子们叫我"二哥"时那种亲，也仿佛我是他们的"救命恩人"了。

用现在的网络语言来说那就是——我的"人设"在

一日之间彻底坍塌过，却又隔夜之间发生了大逆转，使我成了大人孩子都有点儿敬爱的一个人物。邻居们纷纷向我家献砖，虽然都是旧砖、断砖，但那在当年也是宝啊。用砖将那面墙重新砌起来，就再也没有什么火灾隐患了。

我做完了那件事之后的一天，家里只有我和母亲的时候，母亲要求我坐在她对面，说要与我"谈谈话"。

母亲当时的表情极认真，简直可以说相当严肃。

我坐在了母亲对面，满腹疑惑，不知母亲为什么会那样。

母亲问我："儿子，你怎么看那件事？"

我惴惴不安地反问："妈，哪件事啊？"

母亲说："就是咱家差点儿发生火灾的事。"

我想了想，低下头说："归根到底，那事发生在咱们家，如果真引起火灾了，咱们家太对不起邻居了，太后怕了。虽然避免了，还是使全院的大人孩子都受惊了，叔叔阿姨们表扬我，只证明他们的友爱，不是我真值得表扬。"

母亲欣慰地说:"你能这么想是对的,妈心里安生多了。妈也该反省,水火无情,你们孩子砌火炕时,妈理应提醒你们,砌到哪些地方得特别注意什么,可妈没做到,妈向你检讨。这是邻居们关系好,如果不好,咱家会挨骂的,是不?"

我说:"是的,妈,我明白这一点。"

母亲说:"儿子,你明白,妈也还是要多嘱咐你几句。以后呢,凡与自己有关的事,该认错就认错,该承担责任就承担责任。即使该受什么处罚,那也不能找借口逃避。人生在世,难的就是这一点。如果你以后能先在难的方面做到了,妈对你的将来就放心了。你能吗?"

我说:"能。"

母亲便不再说什么,起身要出门去。

我问她去哪儿?

她说要去挨家挨户向邻居们道歉。

我问需不需要我和她一块儿去道歉?

母亲说："这次不用了。妈自己去，反而更郑重些。郑重的事，要郑重来做。"

我初中毕业后，并没能如愿地报考哈尔滨师范学校。

一年后，我下乡了，成了黑龙江生产建设兵团的一名知青。

母亲曾经教诲我的话，我后来记住的不多。但关于"责任"的那些话，我一直牢记至今……

2021 年元月 19 日　北京